チート力なし、ハーレムなし、ペットはヘビ！

tensei shitara heishi datta?!
akai shinigami to
yobareta otoko

転生したら兵士だった?!
~赤い死神と呼ばれた男~
tensei shitara heishi datta?!
akai shinigami to
yobareta otoko
1
師裏剣
イラスト・白味噌

転生したら兵士だった?!

～赤い死神と呼ばれた男～

tensei shitara heishi dattta?!
akai shinigami to
yobareta otoko

1

目次

tensei shitara heishi datta?!

akai shinigami to
yobareta otoko

第一章　気がつくとそこは

後頭部に強い衝撃を受けて倒れた。意識が遠のく。

「……ット！　おい！　生きてるかっ？　パットッ！」

（パットって、誰だよ？　俺は……え？　俺、パットじゃん。でも？　え？　俺、仁《じん》って名前だったよね？　え？　あれ？　仁の記憶も、パットの記憶もある⁉　今は、パット？　じゃあ仁は？　夢？　いやいや、あんな長い人生の夢って、無いだろ？　もしや前世？　いやいや、それこそあり得ない。でも、とりあえず後頭部が痛い。さっきからこいつが喚《わめ》いて五月蠅《うるさ》いし。まあ、こいつって言っても、同期の新兵仲間なんだけど）

「ああ、なんとか生きてるぞ、ウェイン」

「なら、立って剣拾って手伝え！」

「人使い荒いなぁ」

「やらなきゃ死ぬぞ?」

「確かにっ!」

そう言って俺は立ち上がり、剣を拾って周りを見渡し、味方に走り迫る猪顔《いのししがお》の太ったバケモノ目掛けて走り出す。

「死にさらせ! オーク野郎!」

安物の両手剣を頭の上に振り上げて、力一杯猪顔の後頭部に叩《たた》きつける。

オークの後頭部が割れ、血と脳が飛び散る。ここは戦場の最前線。


その後、何匹のオークを切ったかは覚えていない。

まだ後頭部がズキズキと痛む。

地面に横たわるオークの死骸と、仲間の亡骸《なきがら》。

ようやくこのオークの集団を殲滅《せんめつ》できたかという時、奥のほうから出てきたのは、今までのオークの倍ほどはあろうか、およそ3メートルほどの身長、力士の様な体形、右手には大きな木こりが持つような斧《おの》。

「オークキング……」誰かが呟《つぶや》く。

「弓兵《きゅうへい》っ! 奴に向かって矢を射て!」

この隊の隊長が叫び、弓兵達《きゅうへいたち》が慌てて矢をつがえて放つ。

矢はオークキングに当たるのだが、刺さることは無かった。

「う、嘘《うそ》だろっ！　どんだけ堅《かた》いんだよ」

誰かが力なく呟く。

「くっ、来るぞ！　総員迎え撃て！」

オークキングがゆっくり、しかし確かな足取りでこちらに歩いてくる。

斧を頭上に振り上げて、近くの兵士の頭に振り落とす。兵士は剣で斧を受け止めるが、剣ごと頭まで斧が振り下ろされ、兵士の頭はザクロのように割れ、血と脳が飛び散った。

ここは地獄なのかと思う光景だった。

1人、また1人と仲間の命が散っていく。

「目だ！　奴《やつ》の目を狙《ねら》え！」

隊長の言葉に、弓兵や槍兵《そうへい》が狙うのだが動き回るオークキングには当たらない。

「な、何か無いかっ？」

俺は独り言のような事を言いながら周りを見渡し、ある物に目をつける。

すでに倒され、地に伏したオークの手に握られたままの斧。

駆けつけて斧をオークの手から取りあげ、オークキングの背後にこっそりと回り込む。

(頼むから、アキレス腱は堅くありませんように！)

ゴルフスイングの要領でオークキングの左足首に目掛けて、フルスイング！

ザンッと音をたてて斧がアキレス腱を切断した。

「グアッッ！」

オークキングが初めて痛みの声を上げ、左膝を地面に落とす！

「やったぁ！」

思わず声が出る。

「パッ卜ッ、逃げろ！」

ウェインが叫ぶ。

気がつくとオークキングが苦し紛れで振り回した斧が俺の横腹の直前まできていた。

（後ろに！　は、無理だ、ここは前にっ！）

一瞬の思考で、オークキング目掛けて突進する。

斧の刃ではなく柄《え》が、俺の横腹に激しくめり込む。

吹き飛ぶ俺、仲間の槍《やり》がオークキングの目に刺さるのを見た直後、俺の意識は途絶えた。


痛みで目を覚ます。

「何処《どこ》だ……ここ？」思わず声に出すと、

「負傷兵救護所だ。目が覚めて良かったよ、痛みは？」

と、答える者がいた。同僚のウェインだ。

ウェイン・キンブル。

年齢は俺と同じ15歳だが、身長は185センチはあろうか。金色の長髪が風に揺れる。

「よう、ウェイン……めっちゃくちゃ横腹痛いよ」

そう返事すると、

「だろうな。木の部分とはいえ、オークキングの一撃で死ななかっただけ、運が良かったな！」

青い瞳で、俺を見て微笑《ほほえ》む。

「オークキングは？」

「あの後、俺の槍を奴の目に刺し込んだら、ぶっ倒れたから、みんなで槍で突きまくってなんとか倒したよ。じゃなきゃ、ここまでお前を運べてないよ」

おそらく槍が脳まで達したのだろう。

「スゲエじゃん！　ウェインが手柄一番だな！」

「いやいや、パットだろ、あれが無けりゃ槍なんか刺さってねえしよ。隊長も褒めてたぜ？」

「いやぁ、吹っ飛ばされて気を失ったんだぜ？　かっこ悪いよなぁ〜、お前みたいにガッチリした筋肉マッチョなら大丈夫だったのになぁ〜」

「筋肉マッチョが何だか分からんが、お前絶対褒めてないだろ？　まあいいや、それより後ろに回れたのがすげえよ」

（イケメンが細かい事気にすんなって！）などと思いながら、

「そこは俺、存在感薄いから！」と言うと、

「たしかにいつも何処にいるのか分かりづれぇんだよな、パットはよ！」

「だろ？」

２人で笑うが、

「イテテッ」

笑うと横腹に響いた。

「ゆっくり寝とけよ！　俺は隊長にお前が目を覚ましたって、報告してくらぁ」

そう言って、ウェインが走り去る。

横を見ると、かなりの負傷兵。さらに奥のほうには、布が顔に被《かぶ》せてある兵も。

いったい何人が死傷したのか。

オークの群れが、冒険者により発見されて、王国第１軍第３大隊に出撃命令が出され、オークの群れの討伐までが迅速に行われたので、国民に被害が無いのが救いか。

そんな事を思いながら、再び瞼《まぶた》を閉じ横になって考える。

（てか、やっぱ俺、元日本人だよなぁ。この世界でアキレス腱なんて聞いたこと無いし）

パット、本名パトリック・リグスビー。

メンタル王国、西の田舎の男爵家の三男。15歳で成人のこの世界、家を継ぐ長男でもなく、予備、

又《また》は他家との繋《つな》がりのために婿に出すのに使う次男でもない。まあ、婿を取る様な家はあまりないし、長男が死亡した時の予備は次男1人で充分なので、三男以降は需要があまりない。これが娘なら嫁に出すので、多少需要があるのだが。

リグスビー家三男のパトリックは、成人と同時に王国軍に入隊。

だいたいの中級貴族の三男以降はこのパターンである。

(リグスビー男爵家の長男と次男は正妻の子。俺は側室の子。まあ、家から追ん出されたというのが、正しいわな。母親も2年前に病で他界してるし。しかしあの家はカスの集まりだな。親父は正妻の言いなりだし、長男は偉そうな無能だし、次男はゴリマッチョな臆病者だし、正妻は宝石にしか興味ないブタだしな。

軍に入って俺を罵《ののし》る奴らから解放されて、良かった良かった。

俺だけ黒髪で黒い瞳だから悪魔の子だとか、リグスビー家の血が入ってないとか、呪われた子とか、まあ言いたい放題殴り放題だったな。そりゃあんな家に居たら母親もストレスで、病気にもなるわな。

ま、日本人の記憶の方も、思い出したくないものがほとんどだし、兵士を頑張って、のんびり生きてこう)

そう思いながら再び眠りにつくのだった。

「パトリック・リグスビー軍曹が目を覚ましました！」

　ウェインが隊長に報告する。

「うむ、報告ご苦労！　下がって良し」

「はっ！」

「しかしあの新兵、パトリック・リグスビーでしたか。なかなか根性がありますな」

　ウェインが去った後、副隊長が隊長に話しかける。

「リグスビー家の三男だったか。期待はしていなかったが、なかなかやりおる。オークキングの背後に回り込むとはな！　あの家、図体だけの根性無し揃《ぞろ》いかと思っておったがな」

「たしか、長男も次男も三ヶ月もせずに除隊申請出したとか？」

　貴族の長男や次男でも、軍隊に入隊する事は多い。武家の家ならば全員軍人である事も多いし、自領の警備兵を指揮するにあたり、国軍での経験は、かけがえのないものだからだ。

「長男が一ヶ月。次男が二ヶ月だったかな」

「一ヶ月って、訓練終了すらしてないのでは？」

「ああ、野戦訓練中に、テントなんかで寝られるかと、逃げ出しおった」

「それはまた、なんと申せばよいか」

「次男も、訓練終了はしたが、実戦する直前に逃げた根性無しだからな」

「三男の爪の垢《あか》でも、煎じて飲めば良《い》いのに」

「まったくだ！」

「パトリック・リグスビーの褒賞、どうされます？」

「今は、軍曹だったな？」

「はい、貴族家の出身の兵は、訓練終了時点で軍曹が基本でございますので」

「金貨3枚と、曹長に昇進で良いだろう」

「はっ！　その様に致します」

「あとは、ウェイン・キンブル軍曹に金貨2枚、他の者達に銀貨10枚ずつで良いだろう」

「承知しました」


翌日、兵舎に戻ってからの、褒賞式で受け取った袋の中身を見て、「金貨3枚っ？」と、思わず声が出た。

この世界の通貨は、金貨、銀貨、銅貨である。

金貨1枚は、銀貨100枚で、銀貨1枚は、銅貨100枚。

銅貨1枚、日本円にして100円と思って貰《もら》えれば、参考になるだろう。

実際には、大銀貨という銀貨10枚分の貨幣と、大銅貨という、銅貨10枚分の貨幣、小銅貨という、銅貨4分の1の価値の貨幣がある。小銅貨は約25円というわけだ。それより安い品物は、小銅貨分まとめ売りが基本だ。

銀貨1枚、1万円、金貨1枚100万円である。

それが3枚！

300万円！

思わず小踊りしてしまった。

「よう！　何変な踊りしてんだよ。金、何に使うよ？」

（出たなイケメン！）と、思いながら、

「お！　金貨2枚も貰ったウェイン君ではないですか」

「うるせい、3枚貰ったパトリック曹長さまよ！」

ニシシと2人で笑い合う。

「武器屋に行こうぜ！」

と、ウェインを誘う。

この王国の軍隊に入れたなら、武器などは一応最低限の支給品がある。

二等兵（平民の新兵はここからスタート）は槍1本。

一等兵は、槍と片手剣である。だが、支給品は新品ではない。

そして軍曹（貴族家出身の新兵はここからスタート）では、槍と両手剣であるが、使い回しの中古品だ。

なかには壊れる寸前の物もある。実際、パトリックは今回が初の実戦だったのだが、槍は最初の一撃目で折れていた。

それ故に両手剣で戦う羽目になって、オークの棍棒《こんぼう》の距離で戦闘したため、後頭部に攻撃を受ける羽目になったのだ。

「棍棒で殴られたくないもんな」

ウェインが笑いながら了承し、兵舎を出た。


「槍って、結構するんだな」

パトリックの武器屋での感想である。

この世界、戦闘の主武器は槍である事が多い。

魔物相手にある程度距離を保ちながら攻撃出来る利点が、最大の理由だ。

人間相手であっても、槍対剣だと力量が同じなら、槍の方が有利である。

安い物は、銀貨50枚ぐらいからあるのだが、その横に金貨1枚の槍が並べてあると、素人目にも、その違いが分かるぐらいなのだ。

命を預ける武器は金より大事だ。

武器の良し悪しは、人によって異なるだろう。

斬れ味重視か丈夫さ重視か、はたまた取り回しや重量にこだわる人もいる。たまに見た目重視とか言う戯《ふざ》けた奴も居るが。

「ウェインはどうする？」

「俺は重さが適度にあって、丈夫な奴がいいかな」

そう言うと、店員が、

「それならコレだな。にいちゃんガタイも良いし、このくらい重いほうが、ダメージ与えられるぜ？」

と言って出してきた槍。

オール鉄製の槍であった。

「重そう」

思わず俺が言うと、店員が、

「中は空洞になってて、それほど重くは無いよ」と言う。

なるほど、パイプ状になっているのか。

ウェインが手に取り、軽く振っている。

「値段は?」

どうやら気に入ったらしい。

「金貨2枚」

「高すぎる。金貨1枚と、銀貨50枚!」

「ダメダメ、それかなり良い鉄使って、良い職人が作ったんだから。1枚と75枚!」

「そこをなんとか! 1枚と65枚!」

「これで限界、1枚と70枚!」

「しゃあねえ、じゃそれで!」

(170万円か)と思うパトリック。

「で、そっちのにいちゃんはどれにする?」

「俺は軽めで斬れ味重視で!」

「となると、コレか、コレだな」

店の主人が奥から二本の槍を出してきた。

「こっちは柄が少し短めで、その分軽いし、取り回しも楽だし斬れ味は抜群。で、こっちは普通の長さで、穂先が少し小さくて持った時に軽く感じる。斬れ味は抜群」

そう言われて、俺は左手の中指で、左の一重瞼の黒い眼《め》の横、コメカミをトントンと叩く。考える時の癖であるが、こうすると落ち着いて考えられるのだ。

(短いより長い方が後頭部殴られないよね？)

そう結論を出した。

「穂先短いほうで！　でも、お高いんでしょう？」

と、店主に聞いてみる。

「なんとその槍、今回特別サービス、金貨1枚ポッキリ！」

「「おおーっ！」」

「買った！」

「まいどありっ！」

2人が帰った後、店の主人の妻が、

「あんた、なんであの槍、金貨1枚で売ったの？　もう少し取れたんじゃないの？」

と、店主の男に聞いた。

「なんか、ついノリで？」

「このバカ亭主！」

店内から怒号が響いたとかビンタの音がしたとか……。

パトリックとウェインは知らない方が良い事だろう。

◆◇◆◇

兵士の朝は早い。

いや、兵士に限らず、この世界の朝は早い。

電気の明かりなんて物はないので、夜の明かりは、ランプやロウソクか薪《まき》がほとんどだ。

ランプは高級品だし、ロウソクも結構高い値段であるし、庶民は薪を利用する事も多い。だが薪も金がかかる。なので早く寝る。

必然的に早起きな庶民は、日の出と共に行動を開始するのだ。

兵士も例外ではなく、日の出と共に行動だ。

先《ま》ずは早朝ランニング。重い荷物を背中に背負い、訓練場をひた走る。

それが終わると朝食である。

今日のメニューは、黒くて硬いパン、豆のスープ、ベーコン炒《いた》め。以上！

ベーコンがあるだけ上等である。パンは食べ放題だ。

食べたら、勤務開始である。

勤務内容は色々あるが、主なものは王都の治安維持のための巡回。コレは日本の警察みたいなものだ。

次に、王都の門番。コレは犯罪者の侵入防止と、不正な品物の流入を防ぐ目的がある。馬車の荷台を検《あらた》めたり、犯罪者の人相書きに近い人物が居ないかを見るのである。

次が、王都の周りの巡回。

この世界はいわゆる剣と弓のファンタジー。

当然、既に出たオークみたいな魔物や、凶暴な獣がいる。

定番のゴブリン。小柄な魔物だが、群れを作るので厄介だ。

オーガなどの二足歩行タイプの、オークよりも力強く知恵もある魔物も多数存在する。

竜種。

ワイバーンと言われる飛竜などもここに入るが、様々な種類の竜がいる。

他にも存在するが、ここでは割愛する。

を、早期に発見し、排除するのが巡回の目的だ。

冒険者も存在するが、冒険者というのは、個人から依頼を受けて、魔物を倒したり、薬草を取ってきたりする人達のことを言う。依頼されていないゴブリンの駆除などしてくれない。

王都周辺の森にも薬草は生えているので、今回オークの群れを発見した冒険者は、薬草採取メインの冒険者であった。


「今日は居ないっぽいかな～？」

「昨日は3匹出たらしいぞ？」

「マジか、じゃあ今日はナシかもな」

隊員たちは愚痴りながら歩く。

ゴブリンは群れる。1匹見つけたら3匹はいると思え。

コレがゴブリンの常識だ。まあ、1匹で動いてる可能性もあるのだが。

「また湧いてるかもしれんのだから、気を抜くなよ」

小隊の副隊長、ウェインが言う。

「はいっ！　了解であります」

一等兵が返事する。

「隊長はどう思う？」

「昨日出たのは久々にだろ？　まだいそうな気がするなぁ」

パトリックが答える。

曹長に昇進して、一個小隊を任されたからだ。

この国の軍の最小単位は分隊である。

一個分隊が、3人。分隊3つで、一個小隊。

3×3の9人＋小隊長を加えての10人で、一個小隊となる。

曹長の下に軍曹や伍長《ごちょう》、兵長や上等兵、一等兵、二等兵で構成される。

パトリックの次が軍曹のウェイン。なので副隊長だ。

「もう少し奥に行ってみるか」

全員に言い聞かせる。

森の奥へ歩く事30分。

奥から、物音や鳴き声が聞こえた。

「止まれ！　ウェイン軍曹の分隊は右側へ、トニー兵長の分隊は左側へ、ミルコ伍長の分隊は俺と共に中央からだ。いいな？」

全員が頷《うなず》く。

「ウェイン、トニー、時《とき》を合わせろ。移動開始から5分後に攻撃開始だ」

そう言い、手のひら程の大きさの道具を出して確認する。時《とき》の魔道具だ。

「では、各分隊、行動開始！」

ウェイン分隊とトニー分隊が移動していく。

この世界、1年360日の12ヶ月、1月30日の1日24時間、1時間60分だ。

ちなみに太陽暦で、月は2つある。

閏年《うるうどし》はない。

時の魔道具はまあまあ高価であるが、軍務上必要なので、分隊長以上には支給されている。

「行くぞ」

パトリックは茶髪で短髪、青い瞳のミルコ伍長に声をかける。パトリックより10歳ほど年上だろうか。細身の渋い男である。他の2人もゆっくり静かに前進する。

少し開けた場所で5匹のゴブリンが、子鹿の腹をブチまけ、内臓を貪っていた。
「弓用意……」パトリックが時の魔道具を見ながら言う。
全員が静かに弓をかまえる。ゴブリン狩りの定番だ。
「放て!」
ヒュン、という音と共に、矢が放たれる。
ほぼ同時に、左右からも矢が放たれた。
グギャ
ゲゲッ
ピギャ
外側に居た3匹に矢が刺さる。
致命傷では無いが、大きな呻《うめ》き声を上げながら転げ回るゴブリン。
子鹿の死体から顔を上げた残りの2匹は、周りをキョロキョロ見回す。
「2射目、用意できた者から、順次放て!」
パトリックは、他の分隊にも聞こえるように大声で命令する。

ヒュンヒュンと、矢が飛び、2匹のゴブリンに命中する。

「各員、警戒しながらトドメを刺しにいくぞ！」

「了解です！」

「はいっ！」

と、木々の中から、隊員たちが動き出す。

各自が弓から槍に得物を持ち替え、のたうち回るゴブリンの首や心臓を突き刺す。

完全に沈黙したゴブリン5匹。

「首を切り落としておけ！　放置すればゾンビ化するぞ！　討伐証明の鼻だけ確保しておけ！」

ウェインが隊員達に命令する。

その光景をさらに奥から見ていた生き物がいる事に、ウェイン達はまだ気がついていない。

ゴブリンは二足歩行型魔物の底辺に位置する魔物である。

言わば狩られる側だ。

その上には、オーク、オーガ、トロール、サイクロプスなどなど、二足歩行型魔物が存在する。

この中で、ゴブリンを捕食する魔物はオークと……

ベキィィッと、木が折れる音がする。

慌ててウェインが振り向くと、

「ト、トロールっ!?　なんでこんな所にっ？」

トロールとは、身の丈４メートルほどの二足歩行の魔物で力が強い。

ただし、知能は低く、俊敏性に欠ける。

「各自っ！　戦闘準備！　弓を持て！　攻撃は各自の判断に任せる！　撃て！」

パトリックの声に皆《みな》が弓を構えて矢を放つ。

何本か刺さるが、致命傷には至らない。

ゆっくり近づいてくるトロール。

「どんどん撃て！」

ヒュンヒュンと飛ぶ矢は、トロールの腹に刺さるが、分厚い皮下脂肪により、内臓には到達しない。

「総員、槍構え！」

弓を放り投げ、槍を構える。

どうやらトロールは、一番強いと感じたのだろう、ウェインに目標を据えたらしい。どんどんウェイン目指して歩いていく。

トロールの右手には、途中で拾ったと思われる丸太が握られている。

ブンッ！

と、音を立てて振り回される丸太。

ウェインはかわして槍を突き出す。

数十センチ刺さったのだが、ウェインが引っ張っても槍が抜けない。筋肉が引き締まって槍の刃を押さえているのだろう。おかまいなしに丸太を振るトロール。

丸太をかわすために、槍から手を離すウェイン。

その隙に他の隊員達が槍を突き出すが、数ミリ程度しか刺さらない。

武器と腕の差であろうか。

ウェインは槍を諦《あきら》め、両手剣を構える。

振り降ろされる丸太を剣でいなし、腹を目掛けて渾身《こんしん》の力で剣を振る。

腹の脂肪を数十センチ斬ったが、トロールは呻き声をあげながら、突進してくる。

「ウェイン！　しゃがめっ！」

パトリックの声が響き、咄嗟《とっさ》にウェインは身を伏せた。すると槍を腰ダメに構えたパトリックが、何処からともなく突進してきた。

ウェインが斬り裂いた腹の傷にパトリックの槍が刺さる。

ヒギャヤヤァァァッ！

トロールが苦痛の叫び声を上げる。

トロールとパトリックの間で身を伏せていたウェインは、パトリックの槍を掴《つか》むと、渾身の力でトロールの腹、奥深くまで槍をねじ込む。

さらに大きな声でトロールは叫ぶと、両膝を地面につき、槍を引き抜こうとする。顎《あご》が上がっていたので、喉に目掛けてウェインが両手剣を突き上げた。

ザクッという音とともに、ドバドバと噴き出した血が滴り落ちる。大量の血液は、パトリックとウェインを真っ赤に染める。

ウェインが剣を引き抜くと、ゆっくりとトロールが俯《うつむ》けに倒れた。

「トニー、トロールの首を切り落とせ」

疲れた声で、パトリックが命令した。

「了解であります！」

トニーは片手剣を抜き、トロールの首へと剣を振り下ろす。

何度か剣を振り下ろすと、ようやく首が胴体から離れた。

「皆、怪我《けが》は？」

パトリックの声に、

「擦り傷や打撲程度で、重傷者は居ません」

「よし！　ウェインは平気か？」

「ああ、助かったぜ、小隊長殿！」

半分笑いながら、ウェインが応える。

「しかし王都の近くで、トロールに出くわすとは、俺たち運が無いなぁ」

パトリックの言葉に、全員が頷く。

「とりあえず、トロールの首は持って帰って報告する！　撤収準備だ」

「「「「了解」」」」

皆が声を揃えて返事し、テキパキと動き出す。

◆◇◆◇

「以上で報告終わりであります！　大佐！」

パトリックが言うと、

「ご苦労！　後はこちらで調査する、戻って休みたまえ」

ハゲた頭と樽《たる》の様な体の、青い瞳の男が答えた。

「はっ！　失礼します」

敬礼してパトリックは退出する。

「近くの森でトロールとはな。どう思う？」

「嫌な感じですなぁ、ハグレなら良いんですがね、リードン大佐はどう思われます？」

「ハグレなら、良いのだが、斥候だと厄介だな。トロールは普通は数匹で行動するだろう？　まだ何匹かは潜んでいるかもしれん」

「調査にどのくらい出しますか？」

「移動用バリスタを持たせて、一個中隊だ。どの隊を出すかは、任せる」

「はっ！　直ちに！」


戻ったパトリック達は、トロールの首を持って報告した後、疲労に負けて泥のように眠った。

次の日の早朝、兵舎の大騒ぎでパトリックは目を覚ました。

「早くタンカ持って来い！」

「包帯はまだかっ？　早くしろっ！」

「しっかりしろっ！　意識をしっかり持て！　寝るなっ！」

怒鳴り声と走り回る足音。

個室から出て、音の方に向かうと、担架に乗せられた兵士が、救護室に運ばれるところだった。

「おい、何があった？」

パトリックは近くにいた中年上等兵を捕まえて、質問すると、パトリックの襟に付いた階級章を確認した上等兵は、すこし目を見開いてから、

「森にトロール調査に出た一個中隊が、トロール２匹と遭遇、戦闘により殲滅いたしましたが負傷者15名、うち重傷者3名であります。さきほど帰還致しました」

敬礼しながらそう言い、頭を下げて去っていった。

(あの後すぐに調査に出たとして、到着は夕方？　夜戦をしたのか!?　指揮官は誰だ？　いくら足の遅いトロールでも、夜戦はマズイだろ！　２匹って言ってたな？　挟み撃ちされたらどうするつもりだったんだ？)

トロールの足は遅くとも、夜の森は人ではとても走れたものではない。走れば捻挫《ねんざ》確定である。

地面に落ちている石や枝で簡単に足首を捻《ひね》るからだ。

歩くとなると、歩幅の広いトロールの方が速い。

故に森の中では、昼戦がセオリーだ。

(軍事講習で習っただろうに。功を焦ったか？　それとも野営中に襲われたか？　まあ今更言っても仕方ないか)

そう思いながら自分の部屋に戻るのだった。


「うーん、どうするかな……」

「リードン大佐、どうされました？」

「いやな、一個中隊で調査を命じトロール２匹を倒したまではいい、だが夕方に森に入るか？　スコット・パジェノー少尉は何を考えておったのやら。普通は森の前で野営して、早朝から森に入るだろう？　夜の森の夜戦など、死地に向かうようなものだ。奴の戦闘経歴書を持ってきてくれ」

「はっ！」

◆◇◆◇

「ゴブリンばかりだな……少し前のオークの群れの時は奴は参加していないしな。トロールをデカイゴブリンとでも思ったのか？　全く」

「申し訳ございません、奴に出撃命令を出したのは私の落ち度でございます」

「いや、奴が空いていたからだろう？　むしろ奴を少尉に上げた奴が問題だ。まあ、それはそれとして、今回の戦闘で無事だった兵士を何人か呼んできてくれ、聞き取り調査を行う」

リードン大佐の言葉に副官は、

「は、直ちに」と言って退出していく。

証言1
「少尉殿が、トロールなど一個小隊でも倒せたのだから、恐るるに足らん。こちらは一個中隊だ、しかもバリスタまであるんだ、負ける要素はない！　と言われまして……」

証言2
「森の夜戦とは本気ですか？　と、尋ねたら、奴らは図体のデカいノロマだ！　走ればこちらの方が速い！　しかもデカイからバリスタの良い的だろ？　当て放題だ！　と笑われまして……」
聞いていて頭を抱えたリードン大佐。
「すぐにあの馬鹿を呼び出せ！」副官に思わず怒鳴った。

キラキラした軍服に身を包み、金色の長髪と緑の瞳を持つ痩せ気味のヒョロッとした男。顔には傲慢な性格が滲《にじ》み出ているような、そんな男、スコット・パジェノー少尉はリードン大佐からの呼び出しに、機嫌よく向かっていた。

なにせトロール2匹を殲滅したのだ。多少死傷者は出たが、戦いとはそういうものだ。

「これは中尉に昇進かもな」

小声で口の端を持ち上げて声を漏らす。が、

「スコット・パジェノー少尉！　君は一体何を学んできたのだ！」

リードン大佐の第一声はコレだった。

何が言いたいのかわからなかったスコット・パジェノー少尉は、

「いかに敵を倒すかですが？」と、聞き返した。

「バカモノっ！　負傷者15名うち死者3名も出しておいて、ぬけぬけとそんな事、よく言えたものだな！　だいたい命じたのは調査であって、討伐ではない！」

重傷者3名は、助からなかった。

怒鳴られたスコット少尉は、ムッとして言い返す。

「魔物と遭遇すれば戦闘になり、その場合負傷や死はつきものでしょう！　敵を早く倒すのが重要です！」

「作戦も立てずに突っ込んでいくのが戦闘か？　ふざけるな！　それは自殺行為と言うんだっ！」

「あれは戦死した者が未熟だっただけで、私に責任はありません！　他の怪我人も、走って転んだバカ者までいたのです！　鍛え方が足らんのです！」

「夜の森で戦闘すれば、石や枝で足を滑らすのはよくある事だっ！　だからこそ森の夜戦はするなと教育されたはずだろうがっ！」

「私は転んでいませんが？　鍛えてますので！」

「たまたまだろうがっ！」

「いえ、私は転びませんし、死にません」

「話にならんっ！　もういい！　下がれっ！」

退室していくスコット・パジェノー少尉の背中を見ながら、

「はぁ、はぁ、で、誰があのバカを少尉に推挙した？」

息を切らしたリードン大佐が聞く。

「はい、ジョナサン・ニューガーデン少将です。どうも、少将の親戚らしく」

「あのブタ少将か。どうりで顔がムカつくと思った」

「どう致します?」

「ペンスキー中将に連絡して、ニューガーデン少将は押さえて貰え。あのバカ使ってたら、兵士がいくらいても足りなくなる！　あのバカは軍曹に降格だっ！」

◆◇◆◇

「くそっ！　何が大佐だっ！　俺の事を見てもいないのに、偉そうにっ！　あんなカス部下共が何人死のうが、何人怪我しようが、かまうもんか！　どうせ平民のロクデナシどもなんだから、減ってもすぐに増えるんだ、貴族が有効に活用して何が悪い！　俺は将来少将に、いや、大将になる男だぞ！　大佐ごときがっ！　今に見てろよ、伯父様に頼めばあんな奴、すぐに降格だっ！」

翌日、

「パトリック・リグスビー曹長を、少尉に昇進。金貨5枚を褒賞とする」

「ウェイン・キンブル軍曹を、曹長に昇進。金貨3枚を褒賞とする」

「スコット・パジェノー少尉を軍曹に降格する」

と辞令が交付された。


～～～～～～～～～～～～～～～～～～～～


俺の名はウェイン。

ウェイン・キンブル。階級は曹長だ。

曹長と言っても、貴族出身の兵では、下から2番目だ。

軍に志願し、王国軍に入隊して、1人の男と出会った。

パトリック・リグスビーと言う名の、俺と同じく貴族出身の男だ。

珍しい黒髪と黒い瞳を持つが、どこにでもいそうな平凡ながら捻くれてそうな顔と、身長168センチほどの細身の体型、どこにでも居そうなそいつは、平凡ではなかった。

まず、どこにいるのか捜すのに一苦労する。

存在感が希薄というより、ほぼ無いんだ。

その上、人から隠れるような場所にいるから、たまったもんじゃない。

食堂に行くと、混んだ場所でもなく、ガラガラな場所でもない、中途半端に人がいる場所で飯を食ってるのだが、そこに人がいるっていうのは、なんとか認識出来ても、パトリックだと認識出来ない。

森の中に入ろうものなら、声が聞こえてくるのに、どこにいるのか分からない時も多々ある。すぐ隣にいて、心臓が止まるかと思った事も、何度もある。


武術の腕はほどほど。

訓練でも一般兵よりはデキル程度なのだが、いざ実戦闘になると、会心の一撃？　というのか、キラリと光る働きをする男だ。

そんな男と友になり、実戦を経験して命を拾ったのは、パトリックのおかげだと心底思う。

あいつが突破口を開いていなければ、オークキングとの戦闘や、トロールとの戦闘で、俺は既にあの世だったかもしれない。

アイツに負けてられるか！　と、自分にハードな訓練を課すようになって、少しは実力が上がっていれば良いんだけどなぁ。てか、アイツどこ行った？


またあんな木の裏にいた……。

◆◇◆◇

俺の名は、ミルコ。今は王国軍の伍長だ。

平民の私は、軍に入隊して二等兵からスタートだ。

まあ、二等兵から一等兵になるのは簡単だ。実戦を2度くぐり抜ければ一等兵になれる。

まあ、かなりの人数は2度の戦闘で怪我をして除隊になるんだけどな。

そこからコツコツ死なないように戦って10年。ようやく伍長に昇進した！

今は分隊長だ。分隊長になると部下が2人できる。一等兵と上等兵の部下がいる。

上司は貴族出身のパトリック・リグスビー少尉だ。

成人したての、存在感の薄い、頼りなさげで、捻くれてそうな小柄な男なのだが、ところがどっこい。

いざという時、とても勇敢な中隊長だ。

もう1人、特筆するとすれば、同じ中隊の副隊長のウェイン・キンブル曹長。

曹長も貴族出身なのだが、こちらはこれぞ貴族！　って感じの、背が高くて金髪で青い瞳の、男の俺から見てもため息の出そうなイケメン。

背中からオーラでも出てるんじゃないかと、錯覚しそうになるくらいだ。

力も強く、速いし、本当に成人したてなのかと、疑いたくなるくらい頼れる男だ。トロールとの戦闘も、この２人でほとんど倒したようなもんだったし、２人がいなけりゃ俺なんざ森で屍《しかばね》を晒《さら》してただろう。

良い上司に当たってラッキーだったぜ。

で、中隊長どこ行った？　もう30分も捜してるんだが？

ん？　あれはウェイン曹長？　何故《なぜ》木の裏なんかに行く？


あ、ようやく中隊長見つけた。

〰〰〰〰〰〰〰〰〰〰

トロール討伐から、一月ほどたち、俺は訓練の終わりに、木の裏で休憩していた。

心地よい風が丁度良い具合に、その木の裏を吹き抜けていたからだ。

「パトリック少尉！　大隊長から出頭命令だぞ」

金髪を揺らしながら、ウェインが声をかけてきた。

俺は座ったまま「出頭命令？　おれ、何かした？」と聞くと、

「知るか！　俺は呼んでこいって言われただけだ」と返された。

「パトリック少尉！　大隊長から至急出頭せよとの事であります！」

と、ミルコ伍長が駆け寄ってきて告げた。

「お前がなかなか見つからないのは大隊長もよくご存じだな。２人に伝令出すくらいだからな」

ウェインが言い、ミルコ伍長も苦笑いしている。

「隠れてるつもりはないいんだけどなぁ」

そう言いながら立ち上がり、大隊長の下に向かうのだった。


「隠れてるつもりがないなら、何でわざわざ木の裏にいるんでしょうね？」

ミルコ伍長の疑問に、ウェインは肯《うなず》きながら、

「アイツが隠れるつもりで動いたら、俺は見つけ出す自信ないな」と呟いた。

大隊長の命令に、

「街道掃除ですか？」と、パトリックが聞き返した。

「うむ！　10日後、王太子殿下が、南のディクソン侯爵領に視察にいらっしゃる。その前に、目障《めざわ》りな盗賊や魔物を掃除しておいてくれ。これが命令書だ！」

そう言って１枚の紙切れをパトリックに渡すのだった。

命令、それは軍人にとって絶対なものだ。

少尉になったパトリックには、一個中隊の部下がいる。

一個小隊10人が、３つ集まって、一個中隊。

30人にパトリックと、輜重《しちょう》部隊（食糧や物資を運搬、護衛をする部隊の事）10名の計41名で一個中隊である。


「どう掃除するかな？」

各小隊長を集めて会議である。

「ウェインはどう思う？」

パトリック中隊の１小隊を任されているウェインに、話を振ってみる。

「魔物は適宜殲滅で良いとして、問題は盗賊共だよなぁ」

盗賊とは、街道に出没する強盗共の事で、ほとんどの場合、集団で商人の馬車を襲い、物資を強奪。

子供と女は攫《さら》い、男は殺す。いわゆる無法者達だが、命令書によると、50人を超える盗賊共が蔓延《はびこ》っていて、商人だけでなく、最近は貴族の馬車も襲うようになってきているとか。

貴族の場合は、身代金目的であり、攫われたと噂《うわさ》が立つと、その貴族のメンツが保てなくなるので、貴族は国に報告せずに身代金を払っているようなのだ。

お金の無かった男爵の息子が攫われ、国に泣きついてきた為《ため》、ようやく国が知る事になった。

国は、身代金受け渡し場所に潜んで、捕縛しようとしたが、あっさりバレて、後日、男爵の息子の首が王都の公園に晒されるという、国の威信を揺るがす事態となった。

それから定期的に軍が街道を調査しているが、未《いま》だに捕縛出来ていない。


「軍が調査って、どうやってたんだろう？」

「どうやら、一個中隊で街道を練り歩いたり、近くの森の中を探しただけで、盗賊達は恐れをなして出てこなかったという報告が上がるだけらしいぜ」

「バカしかいないのか？」

「軍とわかるなら、奪うものがないのに出て来る訳ないだろうに」

「武器を奪っても、売るときに足が付くからなぁ」

それからあれやこれやと話し合い。

「では、この作戦で実行する。明日は準備日として、明後日早朝に出立する。各自、準備するように！」

パトリックの言葉で、会議が終了。

それぞれの小隊長が動き出した。

とある街道に荷馬車が5台。

幌《ほろ》に覆われて荷物は見えない。が、盗賊にはカモに見えた。

馬車1台につき、護衛4名と、厳重な警備態勢は、荷物が高額な事を匂わせる。

護衛20名と、普通なら尻込みする人数だが、この盗賊団は総数53名。

数は勝《まさ》っている。

しかも相手は、馬車や御者、中に乗っているであろう商人を守りながらの戦闘である。

盗賊団の頭目は、見張りの報告にニヤリと笑い、

「野郎ども仕事だ！」と叫んだ。

街道は侯爵領の少し手前で、森の中のカーブに差し掛かる。

隠れるにも都合よく、カーブで先の見通しが悪い。

そして、1本の矢が馬車に刺さる事で幕を開けた。

「敵襲!!」

先頭の馬車から怒鳴り声が響く。

護衛の冒険者らしき者が、剣を構えて辺りを探り、弓矢を構える者は、敵の姿を確認しようと、

目を凝らす。

矢が次々と飛び、飛んできた矢の方向に、護衛が放つ矢が飛んでいく。

苦痛の声がし、自分を鼓舞する為か、大声で叫びながら、斧で切りかかってくる男達。

御者だと思われていた者も剣を抜き、護衛も必死に剣を振り、1人、また1人と地に倒れる。

それは盗賊、護衛、分け隔てなく人が倒れていった。

盗賊の頭目は、ここで総員でもって、早期にカタをつけるのが良しとみるや、相手を怯《ひる》ませる為に、大声で叫びながら走り出す。

人数差が倍ほどになろうかという時に、馬車の後方の幌が捲《まく》られ、新たな護衛が続々と出てきた。

「なっ!?　何っ!?」

事態を把握出来てないのか、頭目は指示する事なく、剣を振り回しているが、一気に10人ほど護衛が増えたのは、戦闘に混乱をもたらした。


〜〜〜〜〜〜〜〜〜〜〜〜〜〜〜〜〜〜〜〜


「では、商隊に偽装し、馬車の中に2人ずつ隠れ、護衛を多く配置し、高額商品を運んでいると、思わせて、襲撃されるのを待つと？」

「ああ、多すぎると、襲わないかもしれんだろ？　奴らの半分ぐらいの数しか居ないと思わせれば、襲撃してくるだろう。すぐに馬車の中から出ると、奴らが撤退するかもしれないから、途中までは、馬車の中組は待機だ。盗賊って、ほとんどは食えなくなった農民か、冒険者だろ？　腕はイマイチだろうから、何とか耐えて、敵がほぼ出てきた時に、反撃して殲滅しよう」


　そんな作戦だったとは露ほども知らず、盗賊の数が徐々に減っていき、盗賊の頭目の脳裏に撤退の二文字が浮かぶ。

　その時、妙な寒気を覚えて、後ろを振り返ると、黒い頭髪を揺らした、野暮ったい男が、口元を歪《ゆが》めながら、片手剣を振り抜いていた。

　頭目のこの世で見た最後の光景だった。頽《くずお》れる頭目を見た盗賊たちは、逃げに転じるが、次々と弓矢の餌食になる。

　指導者を失った盗賊は、呆気《あっけ》なく敗北した。


「報告！　敵、51名討伐！　1人捕縛。我が中隊は2名戦死、3名負傷。以上です！」

「戦死したのは誰か？」

「エド一等兵、カーター上等兵であります」

「そうか……負傷の3名は？」

「腕を切られてますが、命に別状ありません。すでに治療済みです」

「では、護衛にカイン分隊を付け、戦死した2名と、負傷者3名を、馬車にて王都に帰還させよ、残りは捕縛した一名を尋問の上、盗賊の根城を捜査。捕まってる王国民がいるかもしれないからな」

「はっ！」


暗い顔をしたパトリックにウェインが近づいて来て、

「パット、そう落ち込むなよ。戦死者2名ってのは、あの人数の戦闘なら上出来なんだぞ？」

「ウェイン、解ってはいるがやはりな。もう少し上手《うま》く出来たんじゃないかと思ってしまう。あの2人の家族に申し訳なくてな」

苦い表情のパトリックの肩を、ウェインはポンポンと叩いて、自分の馬車に戻っていく。

盗賊の首を全て落として、帰還する馬車に詰め込む。いわゆる討伐証明だ。

この首は、王都のとある場所に晒される。

そして、この森から、全速力で逃げる茶髪の背の高い男が1人いたことに、誰も気がついていなかった。


その頃、1人捕らえられた盗賊の尋問が始まっていた。

「で？　お前らのアジトは？」

「へっ！　言う訳ないだろ！　どうせ殺されるんだ！　せいぜい頑張って探すんだな！」

捕らえられた盗賊が言い捨てる。

そこにパトリックが来て、

「どうだ？　何か吐いたか？」と聞くが、

「ダメです。吐きません。殴っても憎まれ口を吐くだけで」と兵が答える。

「俺がやってみるか」

パトリックそう言いながら笑った。

「で？　言う気はないんだよな？」

顔を腫らした盗賊は、

「言っても死ぬし、言わなくても死ぬなら、言う訳ねぇわな」

「まあ、そうだろうな、じゃあせいぜい口を閉じてろよ。俺はストレス発散させて貰うから」

そう言ってパトリックはニヤリと笑う。

手に持ったのは太めの針。

爪と指の間にその針を刺していく。

それは味方の、盗賊の身体《からだ》を押さえている兵もドン引きの笑顔。

その場に響くのは盗賊の苦痛の声。

「このくらいで吐いてたまるかっ！」

全ての指先に針が刺さった。

刺した針を指で弾《はじ》くパトリック。

苦痛に呻く盗賊を見ながら、捻りながら針を抜いて次にペンチで爪を剝《は》いでいく。

20枚の爪を剝いだあと、指先の骨をペンチで潰していく。

次はハンマーを持ち出し、指の根元をぶっ叩く。

次は脛《すね》、肘、膝、この辺りで、盗賊は気を失うが、水をかけたり殴ったりして叩き起こす。

作業は血がなるべく出ないように丁寧におこなわれた。

最初は呻き泣き叫んでいた盗賊は、叩き起こされた後、パトリックを見て身体全身が震える。

味方の兵すら震えている。

「言う……言うから！」

「言わなくていい！　もっと痛めつけてからでも、俺は構わんのだ。せっかく死なないように、血が出ないように苦心してんだ！　まだまだヤルぞ」

表情を変えないでパトリックは１つの瓶を取り出す。

ポーション。

それはエルフが作り出した秘薬。飲んだり塗ったりすると軽傷ならたちまち治る秘薬。

ただし、命に関わるような重症には、何故か効かない。


一説には、命に関わるような重症には身体の回復だけで、精神の傷が回復しない為だとか、エルフの回復魔法の需要を守る為だとか、諸説あるが。

また、結構高価な薬であるが、エルフが売るのは、自分達が使わないような劣化版だけを人族に売っているからと言う噂もある。

負傷した部下3名にも使用し、治療した薬である。

盗賊の口を無理矢理開けてポーションを飲ませると、たちまち治る。失った爪まで有る。

「さて、もう一周いこうか」

爽やかな笑顔でパトリックが言葉をかける。


「言う！　頼むから言わせてくれ!!」

顔面蒼白《そうはく》の盗賊が、慌ててベラベラ喋《しゃべ》りだした。これ以上されたら堪《たま》らないと。

「なあ、うちの中隊長……怖いな」

「俺……絶対逆らわない」

「俺も！」

押さえつけていた兵達の声が静かに響く。

◆◇◆◇

「パット、やり過ぎたんじゃね？　兵達が凄《すご》くビビってんぞ？」

とその場にいなかったウェインが言う。

「へ？　あのくらいで？　かなり手加減してたんだけど？」

「そうなのか!?」

「あんなの小手調べ程度じゃん」

（俺が昔されたことに比べたらなぁ）

「お前の神経疑うレベルらしいぞ？　てか、人を殺した後って、神経高ぶったり、体調不良になったりする奴多いけど、お前平気そうだよな？」

「ウェインだって、平気そうじゃん？」

「俺は昔、領地で盗賊を殺した事があるからなぁ。あんときゃ、その日眠れなかったなぁ」

「軟弱者！」

「ほんと、軟弱者かもねぇ……」

「いやいや、冗談だから！」

「てか、お前、なんで平気なの？」

「え？　だって盗賊だよ？　こっちを殺す気で来てるんだよ？　なんでそんなの殺すのに、神経すり減らさなきゃならないの？　盗賊とゴキブリは殺すに限る」

「ゴキブリと同レベルかよ……」

盗賊のアジトに向かう森の中でする話ではないような気がするが、パトリックの中では、盗賊とは虫ケラと同じ扱いらしい。

その後しばらく歩き、「あれか？」と引きずられるように歩く盗賊に聞く。

「ああ、あれだ」

そこには廃坑の様な洞窟があった。

「よし、ウェインの小隊と、俺の隊で中に入る、残りは周辺に生き残りが居ないかの調査と、警戒にあたれ！　ウェイン！　入るぞ！」

盗賊が使っていたであろう蠟燭台《ろうそくだい》が入り口に置いてあり、それに火を付けて洞窟の中に進入した。

もちろん盗賊を引き連れて来ているから、中の道案内をさせている。

食糧庫とは呼べないような、食糧を置いてある横穴や武器置き場、戦利品置き場と続き最後に、

「居たな、こいつの言った通り３人だ」

１人は人族の老人、歳《とし》は70ほどか。白髪のオールバックに青い瞳、身長はパトリックより少し高

いか。もう1人は若めの、おそらく狼《おおかみ》の獣人男性（犬の獣人と見分けるのが難しい）。

そして、10歳くらいの人族の少年。

金髪で長さは肩にかかるくらいで、緑の瞳をしているので、パトリックは一瞬少女なのかと思ったが、着ている貴族服が男性用なので、かろうじて少年と判断した。

3人は、こちらを観察している。


「王国第1軍、パトリック・リグスビー少尉です。盗賊を討伐し、捕らえた盗賊が王国民を捕らえていると証言したので、保護に来ました。貴族の方とお見受けするが、御名前を聞かせて頂きたい」

パトリックが敬礼しながら言うと、白髪の老人が、

「王国軍か！　冒険者なのかと思ったが感謝する！　私はカルロス、こっちは護衛のマーク、そしてこちらのお方が、侯爵家三男のケビン・ディクソン様だ」

（ん？　ディクソン？　侯爵家？）

「ええっ!?」

思わず声を漏らしたパトリック。

「と、とりあえず牢《ろう》を破壊するので、後ろに下がって頂けますか？」

パトリックは腰の剣を抜きながら言う。

3人が下がったのを確認し、2度、剣を振る。

格子が数本、音を立てて崩れ落ちた。

「此度《こたび》は助けて頂き感謝致します。この御礼は必ず」

カルロスと名乗った老人が言う。

「任務ゆえ、お気にされぬよう」とパトリックが答える。

「いえ、我が主人には、ちゃんと報告致しますゆえ」

「いや、本当に、任務中の行動ですので」

「先程、リグスビーと名乗られましたが？」

（ああ、うち、評判悪いもんなぁ。自業自得だけど）

「はい、あのリグスビー家です。恥ずかしながら。三男のパトリックと申します。まあ、家からは追い出された様なものなので、あの家には気遣い無用です！」

（ここは、ちゃんと言っとかないとね）と思いながら言う。

「では、パトリック様個人に感謝を」

「いえ、だから任務中ですから」

ここで、今までおとなしかった少年が、

「パトリック様には、侯爵家から感謝を受け取って貰わねば、侯爵家としての面子《メンツ》が立たぬのです。もちろん部下の方々にも御礼をお渡ししますが、パトリック様は隊長でいらっしゃるのでしょう?」

と言う。

(ほう、小さいのになかなか利発な少年だ。さすが侯爵家。というか、声を聞くに、少年で間違いないな)

などと思いながらパトリックは、

「一応、中隊を預かっております」と答える。

「その若さで中隊長とは、なかなか立派ですな」と、カルロスが言う。

「では、やはりパトリック様には、きちんと御礼をしなくては。軍務中とはいえ、助けられた事実は変わりませんので!」

あまり断り続けるのも失礼かと思い、

「わかりました、最低限で結構ですので」と、頭を下げる。

「よし、街道まで戻るぞ! 奴らの武器や、略奪品は没収するから、荷物をまとめろ! ウェイン指示を頼む!」

「了解致しました! リグスビー少尉!」

侯爵家三男の前だからか、改まった言い方をしたウェインに、苦笑いで答えたパトリックだった。

ディクソン侯爵領への道は、大した問題もなく進んだ。

荷馬車を一台空けて、３人を乗せ、他の荷物を残りの馬車になんとか押し込み、途中出てきたゴブリン、ビックボア、オーク、グリーンベアを斬り伏せながら。

「流石《さすが》王国軍ですね。オークやグリーンベアが瞬殺とは」

若い少年の瞳に、尊敬の光が見え隠れする。

パトリックは、「うちのウェインはかなりの使い手ですから！」と言い、

「確かにウェイン・キンブル殿も凄かったですなぁ！（いやいや、ウェイン殿の陰で、貴方《あなた》も同じくらいの数、倒してましたよね？　じゃないと倒された魔物の数が合わないから！）」と、カルロスは言う。

「うちの中隊長や小隊長は強いですから！　正面から斬られてるのが小隊長、背中から一刺しが中隊長です」

と、馬車を操る兵が言う。

先頭の馬車が止まる。他の馬車も少し遅れて止まる。前方から兵が走り寄ってくる。

「伝令！　街道の前方に大規模部隊発見との事！」と伝える。

「数は？」パトリックが問うと、

「百は超えるかと！」

「盗賊か!?」

「いえ、なにやら旗が見えるとの事です！」

「旗？　ふむ、そう言うことか。全部隊このままここで待機！　おそらく侯爵閣下の兵だ！　こちらも軍旗を上げろ！」

「ですよね？」パトリックがカルロスに聞く。

「拉致されて2日。まず間違いないでしょうな」

〰〰〰〰〰〰〰〰〰〰〰〰〰〰

「レイホール隊長！　前方に数台の馬車と冒険者らしき者達を発見！」

名を呼ばれた40代の大きな男が、

「商人のキャラバンか？」

と、聞き返す。

（こちとら商人なんかに構ってる暇はない。

我が主人の御子息が、領地に戻ってくる予定日を2日も過ぎている。最近盗賊が出没すると噂があったが、忙しくて調査が後回しになってたのが、不味《まず》かった。領地付近に魔物が大量に出没したせいで、とても街道まで、手が回らなかった所為《せい》もある。

が、まさか噂の盗賊が侯爵家に手を出すとは思わなかった。

身代金要求の手紙が、とある商人から侯爵家に届けられた。その商人も荷物は全て取られたらしい。手紙を渡す為だけに、命を取られなかったのは、運が良かったのだろう）そう思いながら、

「商人なら捨て置け！」そう、命令すると、

「あ、今、馬車の上に旗が立てられました！　王国軍です！」

「なに？　先頭の騎兵を走らせろ！」

「はっ！　了解！」

〰〰〰

一騎の騎兵が駆け寄ってくる。

「王国軍とお見受けする！　我は、ディクソン侯爵領軍、レイホール部隊が騎兵、レターマン！　この部隊の代表者と話を所望する！」

パトリックは、前に出て、

「王国軍所属、第1軍、パトリック・リグスビー少尉だ！　この中隊を預かっている！」

と言うと、レターマンと名乗った赤毛の短髪、青い瞳の男が、馬から下りる。

「リグスビー少尉殿、こちらの部隊は、この地に何用にて展開されておりますか？」

と聞いてくるので、

「軍務にて、街道の汚物排除を実行中であったのだが、盗賊のアジトにて、ディクソン侯爵閣下の御子息を保護！　領地までお送りしようと、移動中である。そちらの部隊長に、報告願いたい」

「まっ、誠ですか！」

「ああ、今お連れしよう。どうぞこちらに！」

パトリックが誘導して3人の乗る馬車へ向かう。

「こちらです！　レターマン殿。失礼します」

と言いながらパトリックは馬車の幕を開ける。

馬車の中にいた3人のうちケビンは、

「おお、レターマン！　3人とも無事だぞ！」

と微笑んで言う。

「おおお！　ケビン様！　カルロス殿、マークも！　すぐに隊長に報告してきます！　リグスビー少尉殿！　失礼致します、すぐに隊長と部隊と共に戻りますゆえ、この場にて待機願いたい」

レターマンは3人の顔を確認すると、パトリックの方に向き直り、頭を下げた。

「心得た！　レターマン殿！」

レターマンは、慌てて馬に乗り、引き返して行った。

領軍に戻ったレターマンは、

「ケビン様の無事を確認！　王国軍に保護されたようです！」

と、大声で報告した。

報告を聞いて、レイホールは胸をなで下ろす。

「全軍、王国軍の元に！」

レイホールはそう命令し部隊を前進させる。

「此度は、なんと御礼を申して良いやら。申し遅れました、某《それがし》、侯爵領軍隊長、レイホールと申します」

金髪の頭をレイホールが下げる。

「レイホール殿、頭をお上げください。私、王国軍の少尉、パトリック・リグスビーと申します。運良く無事に3名をお助け出来たことは幸いでした」

と、パトリックが答える。

「ケビン様の所にご案内致します。こちらにどうぞ」

パトリックは、レイホールを連れて歩き出す。

「おお！　レイホール！　私は無事だ！」

「おお！　ケビン様！　このレイホールが不甲斐ないばかりに、ケビン様を危険な目に遭わせてしまいました、この罰は如何様《いかよう》にも。が、せめて、ケビン様を御屋敷まで警護することは、させていただきたいです！」

頭を深々と下げて謝罪するレイホール。

「レイホールに責任などない、もちろん、屋敷までの警護も頼む！」

「御意！」頭を上げたレイホールは、

「リグスビー少尉も、是非我が主人にお会いしていただきたい！」と再び頭をさげる。

「は！　ではお言葉に甘えて」と、パトリックが了承する。

侯爵軍が先頭、王国軍が後ろという感じで、侯爵の屋敷を目指す。

2騎の騎兵が、スピードを上げて駆けて行く、屋敷に報告に行ったのだろう。

パトリックは、屋敷で多少のお褒めの言葉と、兵に休息を取らせてもらえれば良いなぁと思っていた。

それくらいなら、軍務中でも許されるよね？　ね？

などと思っていたが、甘かった。

パトリックは、ディクソン侯爵邸のホールにいる。

あの後、何事もなく領都に到着。

出迎えるディクソン侯爵、侯爵夫人と使用人、ケビンとの感動の再会。

その後、感謝の言葉を受け取り、兵達と共に労《ねぎら》いの食事会が催され、侯爵からのお礼を受け取って解散だったのだが、何故か俺だけ、侯爵につかまった。

「リグスビー少尉殿、少しよろしいか？」

こう言ってきた50過ぎの男、人が好《よ》さそうな侯爵相手に嫌とは言えない。

「改めてお礼を。ケビンだけでなく、３人無事で助けて頂き、感謝を」

そう言いながら金の短髪な頭を、軽く下げるディクソン侯爵の緑の瞳は、意志の固そうな印象を受ける。

「いえ、御子息が無事で何よりでした。我らも任務ゆえ、あのようにお礼まで頂き感謝しております」と、応える。

なにせ、兵1人につき、金貨1枚、俺には10枚もくれたのだから。

日本円に換算すると、５０００万円くらいの出費だろうに。

「いえいえ、息子の命には代えられません」

(侯爵なのだから、もっと偉そうにしてもいいのに。こっちはただの軍人、しかもあのリグスビー家の三男などに頭下げなくても良い身分なのだから。この人、人格者だなぁ）と思う。

「息子も無事、盗賊に金を毟《むし》られるという屈辱も回避、お礼が足りない気がするのだ。でだ、リグスビー殿！　もう少し何か欲しい物とかないかね？　侯爵家で出来る事は、かなりあるぞ？」

（まだくれるの？　いやいや軍務中だったし！）

で、何かあげる、いやいやと遠慮するを繰り返し、ようやく決まったのは、

「では、リグスビー殿が何か困った事があれば、助けるという事で」

に、落ち着いたのだった。

一晩ゆっくり侯爵邸のベッドで眠った俺は、翌日、気分爽快。

テント、馬車の中で寝るのとは、大違いである。

朝食まで頂き、兵も満足そうだ。

「では、侯爵閣下、ケビン殿、我らは王都に戻ります」

挨拶《あいさつ》を済ませて、帰還する。

帰り道もほぼ順調、たまにオークが出るぐらいで、問題なく進む。行きと違って盗賊も出ない。

この辺りに居たのは奴らだけだったからだ。

「魔物、および盗賊の掃除任務、滞りなく終了致しました」

パトリックは上司に報告する。

ケビン達の事は、内緒である。

侯爵家の面子の問題だ。お礼の金貨は、口止め料も含まれている。ここは暗黙の了解というやつだ。

「ご苦労！　2日ほど休暇をやる。兵を休ませてやれ」

「は！　ご配慮、ありがとうございます。失礼します！」

（やった！　休暇だ！）


〜〜〜〜〜〜〜〜〜〜〜〜〜〜〜〜〜〜〜〜〜〜


「なあ？　リグスビー少尉の中隊、こんなに優秀だったか？」

報告を聞き終えた上司は、副官に聞く。今まで何回か部隊を派遣したが成果が無かったのに、新任の少尉があっさり解決したためだ。

「そこそこだったはずですが、リグスビー小隊だった者達が、そのまま組み込まれましたからねぇ。特にリグスビー少尉とキンブル曹長が、優秀だったのかと」

「だなぁ。まあ、これで殿下の侯爵領訪問も、問題無いだろう」

「はい、元々殿下が、少人数で行きたいと言わなければ、掃除の必要も無かったんですがねぇ」

「殿下は大人数での移動を、何故か嫌うからなぁ」

「殿下のお忍び好きにも、困ったものですなぁ」

「全くだ」

第二章　帝国の暗躍

数日後、殿下の侯爵領視察は、無事終わったらしい。

何故か、殿下と侯爵家の長女との婚約も決まったらしいです。

そんなおめでたムードをぶち壊す知らせがきた。


「帝国の動きがあやしい？」俺はウェインに聞き返す。

「どうも、食糧と鉄を大量に輸入してるらしいぞ？」兵站《へいたん》と武器製造か。

「相手はどこだ？」

「そりゃあ多分、我が国だろうよ」

「だよなぁ。仲悪いもんな」

帝国。

正確には、リビーン帝国という。

メンタル王国の西に存在する、かなり国土の大きな国である。

人族至上主義を掲げ、人族以外を差別、迫害している。

我が国は、人族中心国家ではあるのだが、来るもの拒まずで移民を受け入れているので、数は多くはないが、エルフやドワーフ、獣人なども住んでいる。

貴族にも、その血を受け入れる家もあるくらいだ。

あと、隣なので領地問題や水問題、特に問題なのは、国境付近にある鉱山だ。

山の尾根を国境としている箇所があり、その山に鉱山が有るものだから、どっち側から掘っても、鉄が出る。

その利権を争って、外交官達が、あの手この手でやりあっていたのだが。

「手っ取り早く戦で鉱山を手に入れるつもりか」

「あの国、鉄があまり取れないから、喉から手が出るくらい欲しいんだろうなぁ」

「国境を守っているのは、西方面軍《にしほうめんぐん》と、ウエスティン侯爵領軍か。どう思う？」

「西方面軍はまあ、それなりに力があるから、来てもすぐにどうにかなる事はないだろう。問題はウエスティン侯爵領軍だな。あの家、最近金回りが悪くて、兵が減ってるって話だしなぁ」

「なんでも、侯爵夫人の金づかいが、ヤバイらしいな？」

「宝石、ドレス、貴金属、手当たり次第に買ってるらしいな。まあ、宝石と貴金属は、売れば金が作れるが、ドレスは完全にオーダメイド品だしな」

「あと、どうも地下ギャンブルにもハマってるらしいぜ?」

「マジかよ?　地下ギャンブルとか、ハイリスクの塊だろ?　取られる一方だろ」

「それを制御できてない侯爵閣下も、どうかと思うぜ?」

「声がデカイ!　聞かれたらどうすんだ!」

「あ、悪い悪い」などと噂などが飛び交う。

どうにも嫌な予感がする。そう思いながら数日過ごしていると、

「帝国が動いた!?」

「ああ、どうやら来たらしい」

そんな報告が軍の中で飛び交う。


とある部屋。

そこには煌《きら》びやかな衣装を着たおっさんと、軍服に身を包んだおっさん達、線の細めなおっさん達が集っていた。

王や、将軍達と宰相などの大臣達だ。

部屋は、王城の一室であった。

「で?」と言ったのは50歳ぐらいの、銀髪の男。

「現在、西方面軍が国境にて応戦中。一進一退です、陛下」

と言ったのは灰色の髪の中年男性。

少し太めの体形と細い目が印象的な、ベンドリック宰相。

「ウエスティンは何をしておるのか！」

王はイラついた態度で言い放つ。

「どうも、兵を整えるのに時間がかかっているとの報告が」

「整えるも何も、あそこは兵を減らし過ぎだ！　とても国境付近の領地を持つ貴族の行動ではない！」

と言ったのは、白髪を短く刈り込んだ体格の良い中年男性。口髭《くちひげ》と青い瞳のサイモン中将。

「奥方が、金を湯水のように使っておるとの噂もありましたな」

「噂ではなく、事実だろう？　税は例年と同じ金額を納めておるから、様子見しておったが、不味かったな」

「西方面軍は、兵2000だったな？」

「は！　兵2000が、砦《とりで》に駐屯しております。急ぎ兵1000を南方面軍より、援軍に向かうよう指示を出しましたが、敵の数がよくわかりませんので、密偵を走らせました」

「うむ、場合によっては、王都軍も出す事になるやもしれん、準備はしておけ」

「はっ！」

「まあ、西方面軍がすぐに落ちる事はなかろう」

「はい！」

「南は友好国ゆえ、1000動かしても、大丈夫だろうが、北と東は、減らす訳にはいかんからのぉ」

北は山岳地帯に住んでいる部族が、しょっちゅう領土侵犯をする。

東は竜の巣と呼ばれる森があり、ワイバーンが度々《たびたび》飛来する為、それを撃退する軍を、動かす訳にはいかなかった。


数日後、王城に最悪の知らせが届く。

「何？　ウエスティンが裏切っただと!!」

「はっ！　西方面軍が帝国と交戦している背後から、ウエスティン侯爵領軍の攻撃を受け、西方面軍は多数の被害。ラニガン少将は討死。砦も占拠され生き残った兵は、南方に撤退。援軍に向かっていた、南方面軍と合流し、そこでウエスティン軍、帝国軍の混合部隊と現在睨《にら》み合い。私は、南方面軍大佐の命令にて、報告に来た次第です」

「ラニガンほどの男が……」

「少将は『殿《しんがり》はワシがとる、皆は南に退却しろ』と仰《おつしや》り……」

兵の目に、光るものが流れる。

「ウエスティンめ！　帝国と通じておったか！　王都の兵を動かすぞ！　アンドレッティ急げ！　裏切り者のウエスティンと、帝国軍を殲滅しろ！」

王は怒りで声を荒らげる。

「はっ！　では、急ぎ準備します。失礼！」

軍人達はその場を後にした。


「リグスビー少尉。出動命令だ」

手渡された書類を見て、リグスビーは目を見開く。

「ウエスティン侯爵軍が……」

「裏切ったらしい」

「よろしいのでしょうか？　私はリグスビー家。ウエスティン侯爵家と同じく西方の領地、しかもウエスティン家と懇意な家ですが？　うちのクソ親の事ですから、おそらくうちの家も、ウエスティン家と手を組んでると推察します」

「な、なに?」

「私は、リグスビー家が裏切ろうとも、国を裏切る気は、微塵《みじん》も御座いませんが、周りはそうは思わないでしょう?」

「むむ、しばし待て！　上に判断を仰ぐ」

「は！　場合によっては、私を牢に入れて置いてもらっても構いません。部隊は、ウェインにでも指揮をさせれば良いでしょう」

「それもふまえて、上に聞いてくる！」そう言って立ち去ったと思えば、すぐに戻ってきた。

「リグスビー少尉、上が君に聞きたい事があるそうだ」

戻った上司が言う。

「パトリック・リグスビー、出頭致しました」

部屋に入り踵《かかと》を揃えて敬礼しながら周りを見て、パトリックは少し驚く。

そこに居たのは、軍の重鎮は勿論《もちろん》、国の重鎮までいたのだ。

「リグスビー少尉、わざわざすまんな。そこに掛けてくれ」

そう言ったのは、50歳ぐらいの赤い髪の毛、鼻の下から顎にかけての立派な髭。いかにも力のありそうな筋肉質な身体に、１８０センチほどありそうな身長。

アンドレッティ大将である。

軍の実質トップだ。

一応上に元帥が存在するのだが、元帥＝国王なので、軍トップというと、大将をさす。

まあ、この場には元帥も座っていたのだが。

「はっ！　失礼致します」

いかにもと空けてある席に座る。

「で、君に聞きたいのは、ウエスティン家とリグスビー家の関係だ。まあ、繋がりがある事は、聞いている。が、裏切りにまで加担するほどなのか？」

確かに普通は裏切に加担するのは、リスクが高いからやらないだろう。が、

「まず、うちの状況から説明させて貰います。うちの両親、まあ、私の母は他界してますから、父親と、兄達の母親である正妻ですが、物凄く金遣いが荒いです。税を取る上限が決まっている王国で、国に納める分以外が、領地の運営費なのは、皆さんなら、誰でも理解されているでしょうが、そのほとんどを宝石に使う正妻、では、領地の警備費用はどうするか？　そう、その費用をウエスティン家に頼っているのです。なので借金はかなりの額になっていると思います。それをウエスティン家から、借金の利子を下げるとか、元本を少し減らすとか囁《ささや》かれたら？　また、帝国の税率は、領主任せの国です。帝国が勝てば、その後、帝国貴族にすると確約されれば？　簡単に国を裏切ると思います」

「確証はあるのか？」

「確証はないですが心証では裏切ってないと思うほど、私はあの人達を信用出来ません」

「君は何故、それほど家の人間を信用出来ないのか？」

「私の生い立ちを話しましょうか？　少しお時間を頂きますが？」そう言って話し出したパトリック。

話を終えたその空間に、暗い雰囲気が漂う。

「わかった、リグスビー少尉の意見を尊重し、リグスビー家が裏切っていると思って行動するべきだな。リグスビー少尉、他に何かあるか？」

国王が口を開いた。

「はっ！　元帥陛下！　他にも裏切っている家があるかと思われます」

「「なにっ！」」

何人かが声をあげた。

「西の方の地は、農業に向いていない領地がいくつかあります。そこに支援という名の貸付をウエスティン家はしていました。その領地の領主は、ウエスティン家に頭が上がらないはずです。酷《ひど》い所だと、娘を差し出した家もあるとか」

「むむむ」

「その家はどこかわかるか？」

「は！　ハーター子爵家です。あと、貸付されてるのは、カーリー男爵家と、エージェー男爵家だったはずです」

「その3家の領地は、確かに農業には不向きな土地が多めだな。しかしリグスビー少尉、何故そこまで詳しく知っている？　家で冷遇されていたなら、情報は知らされぬだろう？」

国王の言葉に、

「母が存命の時からなので、私の母に付いていたメイドから聞きました。今は、母の実家の、カナーン男爵家に戻っているはずですが」

「ふむ、なるほど。そこの家の出の兵をどうするかも考えんとな。さて、だいたいの事情は分かった。軍の動き方はアンドレッティ大将に任せるとして、リグスビー少尉、君にはとある事を頼みたい。なに、君はなかなか優秀らしいからな。勿論、念の為監視もつけるが、私個人としては、君を信用して良いと思っている」

「ありがとうございます！　で、頼みとは？」

そのまま会議が続く。何故かパトリックもその場に置かれたままで。

「では、リグスビー少尉は、元帥の指令を遂行するように！　兵の選出はまかせる。他の事も、作戦通りに！　裏切者と帝国を追い落とすぞ！」

アンドレッティ大将の言葉で、その場の全員が立ち上がり元帥に敬礼する。

パトリックは急ぎ動き出す。

「ウェイン！　元帥陛下より私に勅命が降《くだ》った。私は別行動になる。部隊はウェインに任せる。シッカリ動けよ！」

ウェインを見つけて言うが、

「は？」事情を知らないウェインが、口を開けて出た声が、これであった。

「いやだから、ウェインが部隊を率いてだな……」

「いやいや、ちょっとまて！　勅命？　元帥？　何があった？　勅命って、元帥から言われたって事？　元帥って事は国王陛下だろ？　何？　へ？　俺が部隊を？　俺まだ曹長だぞ？　中隊率いるの？」

パニくるウェインに、

「詳しい事は言えないが、とりあえずそうなる。中隊を任せるから、張り切って戦え！　あと、中隊から2人借りていくから、そのつもりで！」

と、言い残して、走り去るパトリック。

「何がどうなってんの？」

1人残されたウェインが呟くが、それに応える者は居なかった。


パトリックは、ミルコ伍長と、金髪の短い髪の毛と茶色の瞳をしたマヌケ顔、コルトン上等兵をつかまえる。

この2人は、ウェインをのぞけば、休憩しているパトリックをなんとか見つけられる兵である。

それと、走竜にも乗れる兵でもある。

通常、軍は移動する時は、馬車か馬、もしくは徒歩である。

馬は訓練次第で、誰でも乗れる。では、走竜とは？

地球で言うダチョウのような体形の爬虫類《はちゆうるい》系の魔物。

人に馴《な》れる数少ない魔物である。ダチョウより大きく、羽毛の代わりに鱗《うろこ》がある。

雑食で、走るのが速く、暑さには強いが寒さに弱い。

人を見る。つまり乗る者を選ぶのだ。気に入らない人を背中に絶対乗せないのだ。

これは個体差ではなく種族的で、とある走竜に乗れたなら、他の走竜にも乗れるのだ。

何故かは、分かっていない。

走竜が気にいる匂いを発しているからだと、研究者の説があるが、解明はされていない。

が、乗れる者の子供に、乗れる者が多いので、あながち間違いではないのかも知れない。

人の体臭というのは、親子で似ているものなのだから。

2人に今回の命令を伝え、装備を整える。

2人は動揺していたが、なんとか説得して、出発出来たのは、会議終了から2時間後であった。


王国軍が王都より出発する。その数、兵2000。

多くの馬が、馬車が。それに続く歩兵が。

その中にウェイン率いる、リグスビー中隊も勿論いる。

ウェインは、何がなんだか解らないものの、命令に従い動く。上に従うのが軍人だ。

数日を要した西方への道のりは順調に進んで、明日にはウエスティン領に入るだろう。

そう思っていたのだ、一本の矢が飛んでくるまでは。

「敵襲！　敵襲！」

慌ただしく動き出す兵達。

増援部隊の将であるサイモン中将は、

「やはりウエスティン家は裏切っていたのか。半信半疑であったが」

と、ここにきてまだ信じていなかった自分に、活を入れなおす。

ウエスティン家が裏切っていなければ、ここまで帝国が攻め入って来ているはずがないのだ。

たとえ、領兵が少なくても、自領を防衛するだけの戦力位は残しているはずなのだから。

サイモン中将は、次々に命令を出し、ウエスティン領軍と交戦する。

敵は目測で１０００を少し超えるか。

ウエスティン領軍の旗以外に、王国貴族の旗も見えた。

そして、帝国の旗も。

「命令通りか。王国の恥晒しめがっ！」

サイモン中将が、憎々しげに吐き捨てた。

◆◇◆◇

ウエスティン家の屋敷に、ウエスティン領軍の伝令が報告に来る。

「報告！　我が領の東のサハラ草原にて、王国軍と開戦、現在優勢であります」

「ご苦労！　下がって良し」

来ると分かっていた為、急造ではあるが、砦を築き待ち構えていたのだ。優勢に戦えるのは当たり前なのだ。

「ここで追い返すのでは、王都に攻め入るのに邪魔だからな、殲滅しておかないとな」

脂ぎったおっさんが言う。

この脂ぎったテカテカ顔のバーコードハゲデブおっさんこそが、ウエスティン家の当主であるのだが。

「本当に大丈夫なんでしょうね？　失敗すれば我らも困るのですが？」

と言ったのは、その場にいた細身の男。

茶色の長髪で、身長はパトリックより少し高いか？

「黙れ！　借金を無くしてやると言ったら、二つ返事で協力すると言ったのは、リグスビー男爵だろう！」

怒鳴り声に首をすぼめるマイク・フォン・リグスビー男爵と、それを不安そうに見る3人の男達。

そう、ハーター子爵とカーリー男爵、エージェー男爵達だ。

「うちの兵も出てる、勝てるさ」

と言ったのは、20歳くらいの細身の男、ウエスティン家と帝国を繋げた、今回の首謀者、帝国の第三皇子《こうし》、ルドルフ・ファン・ザビーン（帝国は王家のみミドルネームにファンが付く。他の貴族は王国と同じくフォン）。

「それならよろしいのです、我らはもう後には引けないので」

「勝てばちゃんと帝国貴族にしてやる。心配するな」

ニヤリと笑う、金髪で青い瞳のルドルフ。

◆◇◆◇

サイモン中将指揮のもと、王国軍は戦う。

だが、砦を急造していたウエスティン領軍に苦戦していた。

木々で柵を作り板を張って、その内側に足場を組んだだけの砦だが、かなりの効果を発揮する。

砦の中や櫓《やぐら》の上から弓矢が雨のように降り注ぎ、なかなか砦にたどり着けない。

王国軍も矢を放つが、砦に阻止されるだけ。

王国軍が徐々に兵を減らす一方であった。

「馬車を解体して盾を作れ！　とりあえず降ってくる矢を防げればいいっ！」

中将の命令により、ただの木の板よりはマシ？　程度の盾が作られる。

「これ、盾って呼べるのか？」

ウェインの第一声がこれだった。

馬車の荷台を引っぺがし、取っ手をつけただけの粗末な物だった。

「ないよりマシか」ぼろぼろの盾を傘のように持ち、頭上から降る矢を防ぐ。

中には突き抜けてくる矢もある。

多少砦に近づくと、今度は直射、すなわち山なりではなく、まっすぐに人を狙った矢がくる。

盾を斜めに構え直して突っ込む。

何人かが、盾を突き抜けた矢を喰《く》らい、その場に倒れてゆく。

ようやく数人が砦に到達。

板を張っただけの砦に、両手剣を差し込み、テコの原理で板を剝がし、砦の中に入る。

「これでやっと戦える」

ウェインがニヤリと笑い、砦の中に数人単位で盾を構えながら侵入していく。

弓兵達が次々とウェイン達に斬り倒されていく。

弓矢とは、一度放つと、次を構えるまでの時間が必要だ。

走りながら構えられるものではない。

ウエスティン領軍の弓兵を守る兵が皆無だったため、砦の中で無双状態のウェイン達。

砦の中が混乱すると、当然砦の外に矢を放つ兵が減る。

王国軍が一気に砦の中に雪崩《なだ》れ込んできた。

ウェイン達が弓兵を倒していた時、奥の方から土煙があがる。

「気をつけろ！　騎兵だ！」ウェインが叫ぶ。

騎兵、馬に乗った、全身金属鎧《よろい》の兵である。

ちなみに歩兵は革鎧である。一部に金属が使われていたりはするが。

全身金属鎧では重くて走り回れないからだ。

馬に乗って槍で突撃するのが前提の、全身金属鎧である。

槍を構えて突っ込んでくる騎兵を、なんとか避《よ》ける。

馬のスピードは、上が重いので、そこまで速くはない。

ウェインは、避けながら馬に斬り付ける。

馬は嘶《いなな》きながら、後脚２本で立ち上がるような姿勢で、上に乗る騎兵を落として走り去った。

落ちた騎兵が、なんとか立ち上がるが、時すでに遅し。

ウェインが、鎧の脇腹の隙間に剣を突き立てた。

鎧は、関節などのところは、動くために隙間がけっこうある。

ないと動けないからだ。

「ゴフッ」

血を吐いた騎兵が崩れて倒れる。

だが、皆が皆、ウェインのようにやれる訳ではない。

味方が何人も騎兵の餌食となっていた。

「固まるな！　避けれる空間を確保しろっ！」

ウェインや他の隊長達が、兵に指示を出す。

「もう少ししたら、こちらも騎兵が来るはずだ！　耐えろ！」

そう怒鳴ってから数分後、王国軍の騎兵が突入してきた時、そこには王国軍と裏切ったウエスティン領軍、帝国軍が入り乱れていた。

王国軍騎兵は、目立つ帝国軍騎兵と、ウエスティン領軍の騎兵に狙いを定めた。

走る馬と交差する槍。１人、また１人と、馬から落ちる。

騎兵がかなり減った時、後方に居たのか、帝国軍の増援が現れた。

「まだあんなにいるのか……」

とある兵が呟いた言葉は、王国軍の総意だったであろう。

帝国軍の大部分は、西方面軍の生き残りと南方面軍の増援隊とやり合っているはずなのに、それ以外にこの場にこの量の兵がいる。

王国軍に焦り、不安が広がるのも、無理もないだろう。

士気が下がる王国軍にサイモン中将は、必死に声をかけて、なんとか兵を奮い立たせ、なんとか戦を続けていたとき、はるか前方に黒い煙を見つける。

サイモン中将はその煙を見て指差し、

「見ろ！　敵の食糧庫は燃えたぞ！　作戦通りだ！　奴らはもう食い物がない！　今日明日しのげば、我らの勝ちだぞ！」

そう大声で叫ぶ。

実際、本当に食糧庫なのか？　食糧庫だとして、どれだけ燃やせたのか、いっさい解らないのだが、サイモン中将が、それを気にした様子はない。

この声で兵士の士気が上がるのなら。


それは、王国軍に光を。

帝国軍や、ウエスティン領軍を中心とする反乱軍に暗雲を。

士気が一気に変わった瞬間だった。


〰〰〰〰〰〰〰〰〰〰〰〰〰〰〰〰〰〰〰〰

時を少し遡る。

王国軍が王都を出発する頃。

ミルコ伍長と、コルトン上等兵、30歳ぐらいの金髪のオカッパ頭、青い瞳をした180センチ程の身長の引き締まった体格をした監察官のジョシュ軍曹を連れて、パトリックは走竜で森の中を移動していた。

走竜の利点は、道なき森の中を、2本の脚で移動できる点。

鳴き声をあげない点、馬よりも小柄で頭が良い点が挙げられる。

逆に悪い点は、馬よりも力がない、スピードが遅い、などがある。

なので、馬車を引くには向かず、1人乗るのが精一杯である。

森の中で敵に見つからないように移動するパトリック達。

「で、少尉。作戦ってのは、どうなっているので？」

ミルコが聞いてくる。

「簡単だ、敵に見つからないように敵陣内に潜入、食糧庫に火をかけて回るだけだ」

「え？　いや、見つかるでしょうに……ん？　少尉ならもしかして……」

「そう、俺が侵入して火をつけていくから、お前たち2人は、走竜と監察官殿の護衛を頼む。あと、もし俺がしくじったら、一気に逃げて帰れよ」

「少尉が本気で隠れたら、発見出来る敵なんか、いるんですかね？　私、見つける自信ないですよ？」

コルトンも頷く。

そこに黙っていたジョシュ監察官が、

「そんなに見つけ難《にく》いのかね？　噂では、オークキングの背後を簡単に取るとか聞いたが？」と、ミルコ伍長に聞く。

「そりゃもう！　声がするのに、どこにいるのか解らない時があるくらいですから！」

「俺、そんなにか？」

「「そんなにです！」」

ミルコとコルトンの声が揃った。


王国軍が戦闘を始めた頃、敵陣から少し離れたテントの陰に、４人の人影があった。

「とりあえず敵１人殺して、装備を奪って着替えるから、ちょっと行ってくる。３人はここで待機な」

パトリックはそう言って、普通に歩き出した。

巡回の兵なのか１人で歩いている兵を普通に１人拘束し、首にナイフを突き刺し息の根を止めると、テントの陰に引きずりながら戻ってくるパトリック。

「よし、こいつの装備外してくれ」

パトリックに言われて、ミルコが外しだすと、パトリックは自分の革鎧を外し出した。

王国軍と領軍とでは、若干鎧の形状が違う。特に違うのは、胸当てにある焼印だ。

王国軍は、国の紋章をモチーフにしている。

領軍は、その領地の領主の家紋を簡略化した焼印である。

帝国軍は、帝国の紋章だ。

軍服の色や形も違う。王国軍の軍服は藍色や青であるのに対し、領軍はそれ以外の色を使っている。

帝国に至っては、軍服の形式すら違う。

パトリックは一応発見された時の為に鎧や軍服を替えたのだ。

ウエスティン領軍の鎧を着込んで、

「じゃあ行ってくる。３人は見つからないように、走竜の所で待ってて」

軽く言い、テントの陰から出たパトリック。

何人かと行き違うが、誰もパトリックを不審に思わない。

いや、パトリックを認識できているかも怪しい。

皆さんの知り合いに、ものすごく影の薄い人はいないだろうか？

その場にいるのに、何故か声を出したら驚かれたり、みんなに配るはずの物が、その人にだけ配られなかったりする人が、いないだろうか？

見ても意識に残らない人。

そんな人いるよね？

まあ、パトリックはそれよりもかなり凄《すさ》まじいのだが。


荷車が行き交う場所から、食糧らしき物を運んできた荷車の、来た方向を予想し、そちらにある巨大なテントを目の前にして、パトリックは呟いた。

「ここかな？」

中に入ると、樽や袋がかなり置いてある。小麦と干し肉、ドライフルーツのようだ。

パトリックは、樽を開けてドライフルーツを摘まみ食いしながら、小さな樽に容れて持ってきた油を、小麦の袋にかけてまわる。

そして、この世界の人族御用達、火をつける道具であるマッチに（ライターなどもちろんないし、庶民は火打ち石、少し余裕がある者は、マッチを使っている。このマッチは、昔の西部劇に出てくるような、黄燐が塗ってあるもので、何かに擦りつけると、火がつくタイプである。一応高級品で、マッチ１本日本円で１００円くらいする）火をつけ、それを油のしみた袋に放り投げた。

ある程度火がまわったのを確認し、パトリックはテントを出る。

「ついでにいくつかテントも燃やしとくか」

パトリックは他のテントにも侵入していく。

無人のテントだけではなく、人が居るテントもある。

そういうテントは素通りした。

手当たりしだいに、油をかけてはテントに火をつけて回り、火が上がったテントを見て、兵達は大混乱。

走り回る敵兵の横を普通に歩いて移動するパトリック。


が、ただ1人、パトリックを認識した男がいた。

「あ！　あれはお頭達を殺した護衛!?」


青い瞳をした茶髪の背の高い男、例のディクソン侯爵の三男を拐った盗賊一味で、唯一逃げ切った男であった。

この男は、パトリックを商会の護衛だと思ったままだったが。

逃げてウエスティン領に入り込み、しかも領軍にまで採用されていたのだから、よっぽどうまく立ち回ったのだろう。

「やべえ、あの死神野郎も軍に入ってやがったのか！　また俺の前に来やがった、ここは逃げた方が無難だなっ！　自分の軍の食糧に火をつけるとか、イカレてやがる！」

そう言いながら、その男は、国境の方へと走り出した。

ウエスティン軍と勘違いしているが、軍服と鎧がウエスティンの物なので仕方ないだろう。

反乱軍の陣中央は、かなりの火の手に包まれていた。

パトリックは、残った油を一番大きなテントに向けて投げかけて、マッチで火をつけ燃え上がるのを確認して、その場を離れた。

◆◇◆◇

「戻ったぞ」

その一言だったのだが、待っていた3人は体をビクンッと跳ねあげて驚いた。

「少尉、頼みますから、味方に近づくときは、足音大きめでお願いしますよ～」

ミルコが申し訳なさそうに言う。

「いや、火事で煙も上がってるし、大騒ぎしてるから、そろそろ戻ってくるって思っておけよ！」

「そう思って待ってたんですけどねぇ」

コルトンまで、この言い草だ。

「で？　首尾は？」

「バッチリさ。鎧や服を着替えて逃げるぞ」

急いで革鎧を脱ぎ服を替え、走竜に乗ると森の中に入っていく。


〰〰〰〰〰〰〰〰〰〰〰〰〰〰〰〰〰〰〰〰

「燃えたテントはいくつだ？」

反乱軍先鋒隊を指揮していた男が部下に聞く。

「は、20ほど焼かれました。何より、食糧を保管していたテントは、軒並みやられました」部下が答える。

「馬鹿者！　兵は何をしていたっ！　これでは明日以降戦えんではないかっ！」

ツバを飛ばしながら怒鳴る指揮官。

しかし、この指揮官も人の事は言えないのだ。

一番大きなテントの中で寝ていたため、火のまわりに気がつくのが遅れ、右腕に大火傷を負っているのだから。

（兵が戦っているのに、呑気に寝てるから火傷するんだよ！）

と、心の中で叫んだ部下は、

「申し訳ございません、しかし、兵達は怪しい者は見ていないと言っておりまして」と、言った。

「明らかに敵の放火だろうが！　これだけのテントが、自然に燃えるはずがないだろうがっ！」

当たり前である。

「それはそうなのですが、誰に聞いても、変な者はいなかったと」

「えぇい、無能どもがっ！　とりあえず本隊に伝令を出せ！」

「は！　直ちに！」

◆◇◆◇

翌日、反乱軍が西の砦に向け撤退を開始した。

追撃を開始する王国軍。

反乱軍は食べる物が乏しく、ほぼ水のみ。塩さえ焼け焦げたのだ。

体力の低下、それよりも士気の低下が著しく、かなりの数を、王国の矢と剣や槍に奪われた。

「金髪の悪魔がっ！」

そう叫んで、無謀に攻撃してくる反乱軍を、ウェインは槍で次々と、討ち取っていく。

一通り討ち取った後、

「誰が悪魔だっ！　俺は人だっての」

そう言い、新たな敵兵に目を向け走るウェイン。

西の砦の門の中に到着し、

「何人たどり着けた？」

腕の火傷を気にしながら、副官に尋ねる反乱軍指揮官。

「は、おそらく５００ほどかと」

「そ、そんなにやられたのか!?　２５００で来たはずだろうがっ！」

帝国軍１５００、ウエスティン軍５００、その他４家で５００。

４分の３以上が失われたことになる。壊滅的な負けである。

〰〰〰

「何人やられた？」

サイモン中将の問いに、

「４００名ほど戦死、２００名ほどが負傷といったところかと」

「かなりやられたな。いや、あのまま戦っていたら、その倍はやられていたかもしれぬ、リグスビー少尉が上手く動いてくれたおかげだな」

「はっ。しかしここからですぞ。次は先のような、にわか砦とは違いますからな」

「まさか、我が国の砦を落とさねばならんとはなぁ」


ウエスティン領のウエスティン邸より、慌ただしく、いくつもの馬車が走り出る。

行き先は西の砦。

ハーター子爵家、カーリー男爵家、エージェー男爵家も同じである。

そして、リグスビー男爵家も。

「早くせんかっ！　王国軍はウエスティン領に入っておるのだぞ！　ここは西の砦に入らねばならんのだ！　もたもたして砦を囲まれた後では、逃げ込めんのだぞ！」

そう怒鳴る男。リグスビー男爵家当主、マイク・フォン・リグスビー。

「なぜ我らが、砦に逃げねばならないのです？　我らは何もしていないと、突っぱねれば良いではありませんかっ！」

少しヒステリックに叫んだのは、正妻のマリアンヌ・リグスビー。

四十路のデブ、骨太の155センチほどのアゴの割れた女性である。

ちなみに、ミドルネームのフォンが付くのは、王国では当主のみである。

「今更そんな言い訳が通じるかっ！　我が家の紋章の付いた鎧の兵が出ておる！　他の家も同じだ！　各個撃破されてはひとたまりも無い！　この様な屋敷では、防衛すらできんわいっ！」

「息子達は？」

「兵と共に先に出ておる！　我らは、食糧や金を持って行く」

そして、その数時間後、とある街道を1台の馬車がひた走る。リグスビー家の家紋付きの馬車が。


「来たか、クソ親父……」


ウエスティン侯爵邸から、西の砦に向かう道は二本のみ。

近道のほうでは、王国軍とかち合うのは分かりきった事実であるので、逃げるなら遠回りの道だろうと予想したパトリック達が待ち構えていた。


「ジョシュ監察官殿、よく見ておいてくださいよ、私の覚悟と行動を」

「はい。しっかりと見て、陛下にご報告を」

「では、参る。2人は監察官の護衛を頼む」

そう言って、走り来る馬車の方に向かったパトリックの背中を、見失っては見つけるのが至難の業だと知っている3人は、慌ててパトリックの後を追い街道に向かうのだった。

◆◇◆◇

リグスビー男爵家の家紋が入った馬車に、1本の矢が突き刺さり、馬車が止まる。

「て、敵襲？」

御者の声は、どこか確信できぬような、弱々しいものであった。

それもそのはず、矢は1本飛んで来たものの、敵兵の姿や声は無い。

「おい！　どうした！　敵兵なのか!?」

馬車の中から声がする。

「はっ、矢が一本飛んできたのですが、その後何も無いもので、判断に困っております」

「ふん！　ならば捨て置け。とにかく急いで砦に向かえば良い！」

「はっ！」

御者が、馬にムチを打つと、馬を馬車に繋いでいた金具がなぜか外れ、馬だけが走っていった。

「へ？」

それが御者のこの世で最後の言葉であった。

「おいっ！　何をしておるかっ！　早く行かんか！」

怒鳴りながら馬車の中から降りて来たマイク・フォン・リグスビー。

「それは無理だな。馬が居ないのでなぁ」

王国の革鎧に、国軍の藍色の軍服、襟には少尉の階級章。

聞き覚えのある声と黒い頭髪、そして何より不気味な黒い瞳。

手には剣銃。

「パッ、パトリックっ？」

「よお、久しぶりだな、クソ親父殿」

「きっきさまっ！　誰に向かって口を利いておる！　それが父親に向かって言う言葉かっ！　恥を知れ！　だいたい何をしに来た！　貴様は王国軍に……」

指差しながら言う。

「そう、王国軍、少尉としてここに居る」

「少尉だと！　1年も経たずに少尉になどなれるはずが無いわっ！　どうせ薄汚い貴様の事だ！　盗んだ階級章であろうがっ！　いや、殺して奪った可能性すらあるなっ！　どうせ辛くなって逃げ出して、少尉になったから家に戻してくれとでも言うつもりであろう！　が、貴様はもう我が家とは無関係だっ！　我が家は、帝国貴族となるのだ！　貴様は王国と共にくたば……うぎゃぁぁぁっっ！」

「全く、よく回る口だ、煩くてかなわん」

指差したままだったマイクの人差し指が、宙を舞っていた。

「貴方っ！」

外の騒ぎに顔を出したブタ、もとい正妻のマリアンヌ。

「よう！　ブタ！　養豚場に送られる最中か？」

パトリックの言葉に、マリアンヌは顔を真っ赤にして、

「パトリック！　お前みたいな不気味な子が、私になんて口を！　許しません！」

「許さなければどうすんだ？　守銭奴はそこで転げ回ってるぞ？」

「た、直ちにこの場を去りなさいっ！　それで許してあげます！　今すぐ消えなさい！」

「正気か？　おい！　ブタ！　頭の中にウジ虫でも飼ってるのか？　俺は王国軍、お前らは反乱軍。逃すと思うか？」

転げ回っているマイクに向かって歩き出すパトリック。

地面に転がるマイクの腹を思いっきり蹴り、くの字になるマイクの頭をさらに蹴る。

槍をマイクの太ももに突き刺し貫通させて、地面に固定した。

「さて、クソ守銭奴。今までのお礼だ。何をされるかわかるな？」

「ま、待て！　私が悪かった、や、やめろ！　やめてくれ！　あんなことされたら、死んでしまう!!」

「死んでしまうような事を、実の息子にしてたのは誰だ？」

「あ、あれはマリアンヌがっ！　マリアンヌがやれと！」

「あなたっ！　私を売る気っ!?」

「うるさいっ！　お前が言ったんだろうがっ！　黒い瞳なんて呪われてるに決まってると！」

「うるさいから2人とも喋るなっ！」

そう言って、2人の口に蹴りをくれてから、2人の履いていた靴を、口に押し込む。

ついでにマリアンヌはロープで縛っておく。


数分後、その空間には、ここは地獄かと間違えるほどの叫び声が響いていた。

男の首から下は、満身創痍。

爪は無く、指は曲がってはいけない方に曲がり、関節ではないところで腕が曲がり、骨は突き抜けており腹からは腸が飛び出していた。

それを見てマリアンヌは叫び、顔を真っ青にして震えている。

しっかり拷問をし、リグスビー家が借金の帳消しを餌に反乱に加担したと吐いたマイクは、気を失って倒れたままだが、ダメ押しに股間を蹴り上げてみると、口から泡を吹き出した。


「さて、次はお前の番だブタ！」

縛られたマリアンヌの方に振り向き、ニヤリと笑うパトリック。

マリアンヌは気を失ってしまうが、背中を槍で突くと、痛みで目を覚まして、悲鳴をあげる。

　パトリックはマリアンヌのアキレス腱を斬り、走れないようにしてから、ロープを切った。腕と膝で四つん這いで逃げようとするマリアンヌの腹を蹴り上げ、槍の柄で顔を殴り続けた。もはや逃げる気力を失い、力なく倒れるマリアンヌに石をひたすら投げつけていた。

　ビシッと音がするたびに、女の呻き声が聞こえ、顔は既に紫色に変わって腫れ上がり、鼻から血が垂れる。

「ピッチャー、振りかぶって〜投げましたっ！」元気よく声をあげるパトリック。

　ウッ……と呻き声が聞こえた直後、

「ストライーク!!」

　少し楽しそうに、パトリックの声がする。

　その1秒後には、石を拾って投げるパトリック。

　またマリアンヌの悲鳴が聞こえるのだ。

　逃げる気力も力も無く倒れているマリアンヌに当たり続ける石。

　パトリックは槍を手に取りマリアンヌに近づくと、顔を踏みにじり、

「おら！　ブタ！　逃げろよ！　お前が散々してきた事だろう？　やったらやり返される覚悟があったんだよなあ？　なんならポーション飲ませて、1からやり直そうか？　お前がしたようになあ！」

「お願い、許して……」

「俺がそう言った時、お前、なんて言ったっけ？　そうそう、人が虫の願いなど聞くと思いますか？　だっけ？　じゃ、俺がブタの願いなんか聞く訳ねーよなぁ～」

「呪われた子の癖にっ！　せっかくあの女を毒殺して清々したのにその子供にこんな事されるなてっ！」

「お前……今何てった？」

「あ……」

「もう一度言ってみろっ！」

そう叫んでパトリックがマリアンヌの腹を蹴る。

「私が居るのに側室なんて必要無いでしょう！　しかもお前みたいな不気味な子を産む女などっ！だから少しずつ毒を飲ませて殺してやったのよ！　病死に見えるようにね！　いい気味だったわっ！」

腹を蹴られ仰向けに倒れて叫ぶように白状したマリアンヌ。

「お前が……お前が母さんを殺したのかっ！」

そう言って、マリアンヌの腹に槍を繰り返し突き刺すパトリック。

少し離れたところから見ていた3人は、奥歯をカタカタ言わせながら震えていたという。

どれほどの時間が過ぎたのか。30分か1時間か、はたまた2時間以上なのか。

馬車から解き放たれた馬が帰ってきた。

よく訓練された馬は、自分で馬車に帰ってくるという。

「ブタの死体を刺すのもそろそろ飽きたし、もういいか」少し落ち着いたパトリックはそう言い、ミンチ肉のような胴体からマイクとマリアンヌの首を、あっさり斬り落とした。

「母さん、仇は取ったよ……」

パトリックは静かに呟いた。

首を馬車に放り込み、近くで見ていた3人に声をかける。

「この馬車、食い物いっぱいあるぞ。ここでメシにしようぜ」

顔から血の気の引いた3人と、少し表情が普段に戻ったパトリックの対比が凄まじい。

◆◇◆◇

「あの馬車はリグスビー男爵家の馬車か？　なぜ止まっている？　故障か？　御館様！　リグスビー家の馬車が止まっております！　いかがいたしますか？」

カーリー男爵を乗せた馬車の御者が、中に声をかける。

「なに？　こんな所で？　確かめろ！」

この言葉が、カーリー男爵の運命を決めた。

リグスビー家の馬車の横に、カーリー男爵家の馬車が止まる。

「リグスビー男爵家とお見受けする、こちらはカーリー男爵家。いかがなされた？　故障か？」

カーリー男爵家の御者が、リグスビー男爵家の御者に、声をかける。

「おお！　良いところに！　故障で難儀しておったのだ！」

やはり故障かと、カーリー男爵家の御者は、中にむかって、

「故障のようです！」

と、声をかけたが、返事がない。

不審に思って、もう一度、

「故障のようです！」と、大きめに声をかけたが、

「うるさいなぁ、中の人が起きたら、どうすんだよ！　まあ、永遠に目覚めないけどなぁ！」

と、返ってきたそれは、上機嫌で若々しい声であった。

御者の目に黒い頭髪と黒い瞳の男が映る。

薄ら笑いをする男の左手には、髪の毛を摑まれ持ち上げられた、カーリー男爵の首。

「ひっ」

と怯えた声を上げた御者に、

「サヨウナラ」

と、この世界の者は聞いたことの無い言葉を言い、首を切り裂いたパトリック。

「ほい、上出来！」

「上手くいきましたが、緊張しましたよ！　私に演技とか無理ですよ！」

ミルコ伍長が言うが、

「ちゃんと騙せたじゃないか！　上手く出来てたよ、この調子で他の家が通るのを待とう。腰抜けの臆病者リグスビー家があの時ならば、他はまだだろうと思ったけど、そのとおりだったし、ハーターとかも来たら潰しておこうぜ」

馬車が止まった瞬間に、パトリックは馬車に侵入、即座に中の人間の首を落としていた。

パトリックはフフフと上機嫌に笑った。

他の３人は背筋が凍る思いだったという。


「カーリーとリグスビーはまだか？」

聞いたのはウエスティン侯爵。

「はあ、子息様や兵は到着しているのですが、予定を過ぎてもまだ」

「他は揃っているというのに、ノロマめ！」

そう、あの2家以外は揃っていた。

というか、あの2家が遅過ぎたのだ、しかも兵を連れていないなど、戦争、反乱に加担している自覚が乏し過ぎる。

だからパトリックに殺されたわけだが。

「そろそろ王国軍が攻めてくるぞ。守りを固めろ！　先の様に、食糧を焼かれることがないようにな！　まあ、ここはちゃんとした砦なのだから、心配はないだろうがな！」

一方、王国軍は順調に進み、

「サイモン中将！　見えました！　西の砦です！　城壁の上に弓兵多数！」

兵の声に、サイモン中将は、

「うむ、弓矢が届く手前で一旦止まるぞ」

「はっ！」

「西方面軍の生き残りと、南方面軍の増援部隊に伝令を出せ、打ち合わせをしたい」

「は！　走らせます！」

2頭の馬が兵を乗せて走り出す。

数時間後、王国軍側の指揮官が揃い、作戦の打ち合わせが始まる。西方面軍の生き残り達と南方面軍の援軍達と戦っていた反乱軍は、既に砦の中にはいっているようだ。

まあ、サイモン中将の指揮のもとで戦うのは決定であり、作戦の概要と陣の確認だけなのだが。

「という作戦で動く。別働隊はすでに動いているはずだから、それまでは砦を囲んで待機だ」

サイモン中将の言葉に、南方面軍、西方面軍の生き残りの指揮官が顎を引く。

「どれくらいの時間が必要でしょうか？」

聞いたのは、生き残り部隊の指揮官。

「先の戦では、我らが戦闘開始してからの焼き討ちだったからのう。流石に砦の中では思うように動けないと考えねばならんだろう。今日は無理と見て、明日以降だろう。兵に温かい食事を！」

「了解です。干し肉ばかりだったので、兵も喜びます」

「うむ。しっかりと休ませろ。明日からは待ちだが、いつになるか分からんのを待つのは案外辛いものだからな」

「ですな。しかし大丈夫なのですか？　その者、まだ1年目でしょう？」

「1年で少尉になる男だぞ？　まあ、ダメだったら正攻法でやるしかないのだ、それだと多大な被害が出る。ならば少し期待して待つのも良かろう？」

パトリック達4人は、あの後一向に現れない他の家を諦め、西の砦に向かっていた。

「結局カーリー家と、うちの馬鹿とブタしか殺せなかったなぁ」

パトリックの言葉に、他の3人は、

（いや、充分だろう！）と思ったが、口には出さない。

なにせ、パトリックの怖さをその目に焼き付けてしまったのだから。

「さて、王国軍の歩兵に合わせた進行よりは、早く着いたが、門は閉ざされてるし、どこから忍び込むべきか」

先のにわか砦と違い、全面に城壁がある。

砦は既に完全防備体制。

城壁の上には見張りが居るし、門は閉じている。

が、この砦、帝国を敵と想定して築いてあるので、王国軍は裏側から攻めて来ることになる。

なので裏門は厳重に警備されているが、表、正面の門は、比較的、人数が少なかった。

正門の脇には通用門が存在し、帝国側からの商人や、軍の物資の運搬は続いていた。

パトリックは、そこに目を付けた。

正門から少し離れた、砦に向かう道にパトリック達は隠れていた。

1台の馬車が砦に向かって走っている。帝国の商人の馬車だ。

御者1人に護衛2人。おそらく馬車の荷台には、何人か乗っているだろう。

「ようやく1台のみの馬車だな」

パトリックが言い、荷物の量にもよるが、中には2人と仮定し、合計5人と推測。

パトリック達は4人。

やれるだろう。

「打ち合わせどおりに！　商人は生かしておけ！」

「了解です！」

「はっ！」

「やれやれ私もか」

一人不平を言ったのは、ジョシュ監察官。

「貴方も軍人でしょ、協力してもらいますよ！」

「分かったよ。しっかりやるさ」

そう言って肩を竦める。

コルトンの放った矢が草むらから一直線に飛び、御者の喉を貫いた。

御者は手を手綱から離し喉を掻き毟るが、呻き声は馬車の走る音にかき消される。

が、異変を察知した護衛が、声をかけようとしたとき、草むらから人影が4つ。

「敵襲！」護衛が叫ぶ。

手綱を捌く人間が居なくなり、馬はスピードを緩める。

馬車がゆっくり止まったとき、既に護衛の2人はミルコ伍長とジョシュ監察官と、斬り合いになっていた。

パトリックは馬車の後ろに回り、幌をめくる。

そこには、太った40歳程の男が1人。

「抵抗すれば斬る。言う事を聞くなら、命は助ける。今すぐ選べ！」

剣を突きつけ、男に言った。

「ひっ、ひぃぃぃぃぃ！」

「もう一度だけ言う、抵抗すれば斬る。言う事を聞けば、命は助ける。選べ！」

「聞きます！　聞きますから！　命だけは！」

「よし！　賢明な判断だ！」

護衛2人は、既に斬られた後だった。


パトリック以外は鎧を脱ぎ、護衛や御者に変装する。

人数的に変装できるのは3人だが、パトリックは、馬車の中にいた商人の替えの服を鎧の上から纏うことにした。

太っていたから、鎧を脱ぐとサイズが合わなかったからだ。

馬車は走る。西の砦の正門に向けて。

「いいな！　余計な事を言わなければ、お前は国に帰れる。言えばその時がこの世との別れだ」

パトリックが言うと、

「はいっっっ！」と、商人が怯えて言う。

「次！」

門の所の兵が、パトリック達の乗る馬車を呼ぶ。

「中身は？」兵の問いに、御者席から降りた商人が、

「小麦と塩と干し肉でございます」

「一応中を確認する！」

「は、はい、お願いします」

商人は内心思っていた、ここで自分が言わなくても、中に隠れているのが兵に見つかれば、自分は助かるのではないかと。

「異常なし！　行っていいぞ！」

が、その淡い期待は砕かれた。チラッと中を覗いただけで兵士が言った。

仕方なく馬車の中に入る商人。

ゆっくり砦の中を進む馬車。

「よし、後は、適当に行くとして、お前たち３人はこいつと一緒に砦を出て、元の場所で待機して

てくれ」

「それでは少尉が危険では？」

と言ったのはミルコ伍長。

「1人ならいくらでも隠れられる」

「まあ確かに」

「あと、こいつが密告しないように見張ってろ」

「了解です」

「では、行動開始だ」

パトリックは、砦内を荷車を引きながら歩く。小麦の袋をのせて、物資の保管場所、兵の詰所、水場などを確認しながら。

時折、兵に小麦はどこに運べばいいのかと、初めて来た商人を装いながら。

食糧庫を確認し、小麦をそこの担当の兵に渡し、代金を受け取る。

荷車を近くの物陰に隠し、自分も隠れる。

日が沈み、人通りがわずかに減る。

砦の中は、見回りの兵が巡回してはいるが、気が緩んでいるのか、警戒心は薄いようだ。

巡回兵は雑談しながら通り過ぎる。

「王国軍は砦の裏門で固まってるとよ」

「まあ、流石に砦に無謀な攻撃しては来ないだろうからなぁ。昨日着いたから、今頃投石機でも組み立ててんじゃないのか？」

「なら、明日の朝から戦闘開始か？」

「だろうなぁ。門や塀の上はヤバそうだなぁ。俺らは夜回り後は、伝令の予定だし、まだマシだなぁ」

（ふむ、軍は到着済みと。後は食糧を焼いて門をどうにかしないとなぁ）

夜更けに食糧庫に忍び込むパトリック。

小麦を運び込んだ際に、鍵がない事は確認済み。


担当の兵が2人いたのも確認していた。

夜も2人なのかは分からなかったが、扉の前に人影はなし。

中にいるのだろうと思いながら、そっと扉を開ける。

ギィィと僅かな音を立てる。

食糧担当の護衛兵が、その音に気がつき、扉の方を見るが誰もいない。

「誰かいるのか？」

咎める声に、もう1人の担当兵が、腰の剣を抜く。

ロウソクの灯りを持って、扉に近づく2人。

剣を構えた男が、気配を探りながら辺りを見回すが、倉庫の中は真っ暗。

ロウソクの灯りなど、数メートルしか照らさない。


柱の陰から、スッと何かが動いたと思ったときには、剣を構えていた男の首から、赤い液体が飛び散っていた。

「ウゲェェ!!」

呻き声が響く倉庫内で、もう1人が、ロウソクを落とし、慌てて剣を抜く。

ロウソクは消えずに燃えているが、灯りは足元のみを照らし、さらに視界は悪くなる。

カランと兵の後ろで音がし、兵が振り返ると、落としたロウソクの近くに、すでに倒れた兵の剣が落ちていた。

「剣？　ちっ！　しまった」

剣が投げられただけと、すぐに理解した兵は、慌てて周囲を見回した。

先程喉を斬られた同僚は、既に息絶えたのか、微動だにしない。

同僚の死から目を背けるように、体の向きを変えた兵。

それが良くなかった。

兵は、背中に熱い衝撃を感じ、持っていた剣を反射的に振り回した。

パトリックは、兵の背中に突き刺した剣をそのままに、手を離して迫り来る剣を避ける。

振り回される剣から距離を取り、右手で右腰に有るナイフを抜く。

剣をかわして一気に兵に近づくと、逆手に持ったナイフを、兵の喉に突き立てた。

返り血を右肩に受けながら、ナイフを捻って息の根を止める。


兵の背中から剣を抜き、左腰の鞘に収める。

床に落ちたロウソクを拾い、持ってきた油を小麦袋に振りかける。

そこに、ぽいっとロウソクを投げ込んだ。

火が燃え移ったのを確認すると、素早く倉庫を出た。

他の倉庫にも忍びこんでは、同じように燃やしていく。

暫くすると、倉庫から煙が漏れ出て、辺りは騒然とする。


砦の中は、食糧庫から出る煙に上を下への大騒ぎ。

裏門の護衛まで、１人を残して、消火に駆り出された。

残された兵も、心配で火事の方を見ている。

後ろに血塗れの黒髪が立っている事にも気が付かずに。

どさりと人が頽《くずお》れた。


「サイモン中将！　砦から黒煙です！」

報告に来た兵より先に外に出た中将は、赤く光る砦から立ち昇る黒煙を見てニヤリと笑って、

「出撃準備だっ！　急げっ！」と、大声で命令した。


食糧庫は凄い勢いで燃える。それは多少水をかけても消えはしない。元々砦には数ヶ所の井戸が有るだけで、飲み水には困りはしないが、大量の水が有るわけでは無いのだ。

井戸のポンプで汲《く》み出した水を、桶《おけ》で運んでかけたところで焼け石に水。

だが、食糧の為にはやらない訳にはいかない。

兵が総出で水を汲み、走り回っているし、それは砦の上に在るべき弓兵すらも巻き込んでの消火活動であった。

そして、裏門の横の通用口が静かに開いた事に気が付いた兵は1人も居なかった。

その頃砦内部では、食糧庫の火災に貴族当主達は大慌てであった。

先の戦いで食糧が燃やされたのは、周知の事実。そのため敗走して砦に逃げ込んだからだが、まさか砦ででも燃やされるとは微塵も思っていなかった。

「裏切り者がいるのではないか？」

などと、猜疑心《さいぎしん》にかられていた。


〜〜〜


通用口をゆっくり開けたパトリックは、砦の外を確認する。

そこにはしっかりと王国軍が居た。

「サイモン中将、お待たせ致しました」

パトリックは近づいてきた王国軍の先頭に、サイモン中将を発見し、敬礼しながら言った。

「リグスビー少尉、ご苦労！　よくやった！　後は我らに任せよ！」

「いえ、私も微力ながら協力致します」

「そうか、今は早く進入するのが先決だ、疲れていたら遠慮なく後方で休めよ。では、皆の者、静かに入って裏門を開けるぞ」

そう言って、サイモン中将は指示を出す。

兵士が10人ほど入り、閂《かんぬき》を引き抜くと、ゆっくり裏門を開けた。

「よし、静かに進め」

サイモン中将は小声で命令したのだった。


王国軍兵が半分ほど進入した頃、流石に1000人以上の兵が入れば、相手も気がつく。

最初に気が付いた兵が叫んだ。そして、それがその兵の最後の言葉だった。

「てっ、敵襲っ！」

飛んできた矢が、その男の胸に刺さったからだ。

降り注ぐ矢の雨に逃げ惑う反乱軍の兵。

それと同時に、王国軍が大声を上げて走り出す。


オオオォォォォォォッッッ！！！！


それは声というより、地鳴りのようであった。

消火にあたっていた兵は、弓など持っていない。それどころか剣や盾も邪魔になるからと置いて来ていた。

飛んでくる矢に、どうする事も出来ず、1人また1人と反乱軍は倒れていく。

消火作業に従事していなかった帝国軍が、ようやく武器を持ち駆けつけたころには、反乱軍は壊滅状態。

勢いのある王国軍に、帝国軍は苦戦していた。

その様子を砦の指令室から見ていた反乱貴族当主、そして帝国軍士官達は顔を真っ青にし、早々に撤退を決めたのだった。

当主や士官などが、いそいそと荷物をまとめ出すと、それを見た兵士達も、事態を把握する。

（逃げる気だ！）と。

士気が崩れた兵達というのは、非常に脆《もろ》い。

そして、１人でも逃げ出す者が出ると、それは伝染病のように広がる。

「逃げる兵はほっておけ！　狙うは反乱当主と、帝国軍幹部だ！　逃すなっ！」

サイモン中将の指示に、王国兵達は馬車に狙いを定める。特に軍人では無い貴族は、体力の無い者が多い。

軍に所属する貴族は別だが、領地に籠《こも》っている貴族の運動量は、屋敷の中の移動ぐらいである。

出かける時は馬車か馬なので、走る事はまず無い。

逃走を試みる馬車が次々と押さえられる。馬に乗って逃げる者には、矢が放たれる。

裏門は王国軍が押さえているので、逃げるならば正門だ。

だが、正門は閉じられている。開いてるのは、脇の通用門。

荷馬車がようやく通れるくらいの、小さな門だ。

そこに、徒歩で逃げる兵たちが駆け寄るものだから、馬の通る隙間は無い。

が、帝国軍の幹部達は、帝国軍兵すら、馬で蹴散らし踏み付けながら、門を通過した。

蹴散らされ倒れた兵の上を踏みにじり、さらに馬が出て行く。

通用門は酷い状態であり、それを見ていた他の兵たちは通用門を諦め、正門を開けることにしたようだ。

大きな門は、1人や2人では開ける事ができない。

大きく重い門を、矢が飛んでくる中、20人くらいで抜き、鉄で出来た扉を、大勢で押し開けた。

途端に多くの兵が駆け出し、帝国の方角に走るが、いちばん近くの帝国の村まで、馬車で三日。

徒歩では10日はかかるだろう。となると、食糧や水が無くては、たどり着けない。

そしてそれは、馬車では無く馬で逃げたルドルフにも言える。

馬車ならば、食糧を積み込んでいるだろうが、ルドルフは、スピードを重視した。

とにかくこの砦より出ることを。荷物の積み込みの時間よりも。

一旦帝国方面に向かった後、迂回《うかい》して王国の村を目指したルドルフ。

ウエスティン領の外れのとある村に、数騎の帝国軍が現れた。

目的は食糧。しかし、村の食糧事情は悪く、備蓄もあまり無く、行商人が来る予定は明日という、最悪のタイミングであった。馬車が有れば奪うつもりであったが、馬すら居なかった。

無抵抗の村人から、食糧をかき集めはしたが、

「殿下、ろくなものがありません。食糧も僅かで、馬車どころか荷車すら有りません」

報告を聞いて、ルドルフは、

「近くにまだ村は有ったか？」と問うと、

「半日ほど走れば有ったかと」と聞き、考える。

奪った食糧は、ごく僅か。さらに王国内に進んで、食糧を探すか、切り詰めて走って帝国に戻るか。

「仕方ない、切り詰めて走る。帝国に戻るのが最優先だ。途中の森で何か探してもいい。急ぐぞ！」

そう言い、村を後にした。


〰〰〰〰〰〰〰〰〰〰〰〰〰〰〰〰〰〰〰〰〰〰〰〰

馬車のスピードと馬だけで走るのでは、圧倒的に馬だけで走る方が速い。

馬車で逃げた反乱領主や、帝国幹部は、軒並み捕らえられていた。

ルドルフの選択は、正しかったとも言える。

「あとは、帝国のボンクラ皇子だけか」

サイモン中将は、今回の首謀者を逃してしまったのを、悔やんでいた。

〰〰〰〰〰〰〰〰〰〰〰〰〰〰〰〰〰〰

ルドルフ達は街道を避け、森の近くを駆けていた。

流石に森の中は、馬で駆けるのは無理なので。

言うなれば林か、まばらに木があり、馬がなんとか歩ける場所を。

スピードは落ちるが、敵に発見され難い方を選んだのだ。

それと食糧の補給も。

「居たぞ！　兎《うさぎ》だ！」

兎を追いかけて弓矢で仕留めた兵士を褒めてから、ちょうど良いと、食事の準備に入ったルドルフ一行。

小川をなんとか見つけ、水も確保して、煮炊きの準備をする。

2人が食事の準備をして、残りは周りの警戒をしていた。

ルドルフは、何もせずに急造のかまどの横で、寝ていた。

なにせお坊ちゃん育ちで、馬で駆け通しなど初めてであり、しかも敗走であるので精神的にも疲れ果てていた。

〜〜〜〜〜〜〜〜〜〜〜〜〜〜〜〜〜〜〜〜〜〜〜


走竜は、森の中を走る。

パトリックは正門が開いてから、ミルコ達と合流し敵の残党狩りをしていた。

逃げる者は隠れる場所を探す。よくあるパターンである。

そして、だいたいの脱走兵は森に隠れる。食べる物を見つけられる可能性があるからだ。

それを見つけては斬り、を繰り返していた。

「おい、あれを見ろ」

他の３人を小声で呼び寄せ、とある方向を指差す。

「帝国兵、いや、帝国幹部か？」

ジョシュ監察官が言う。

「ああ、あんな目立つ白い服や装備からして、相当上だろ？　もしかすると上級貴族かもしれない。捕らえれば身代金が取れるかもしれん。身代金の２割は捕らえた兵への褒賞だ。一儲《ひともう》けしようか」

ニヤリと笑うパトリック。

ゆっくり足音を消して近づくパトリック達。

警戒してる帝国兵からは、森の中に居るパトリック達の姿は、視認できなかった。

森の中というのは、少し暗い。

林の開けた場所から、森の中など、暗くてよく見えはしないのだ。

パトリックは徒歩でぐるっと迂回して、かまどの近くまで来た。

見ると1人呑気《のんき》に寝ている。

こういう時に、堂々寝る事が出来るのは、立場が上の人間である。

寝てるのが貴族だろうとあたりをつけた。

調理している兵の1人が、捌《さば》いた兎を持って、小川の方に向かう。

おそらく内臓を抜いた、腹の中を洗いに行ったのだろう。

チャンス到来である。

左腰のナイフを抜き、残った兵に投げつける。

兵の腹に刺さったナイフ。

「グハッ!」と、声が漏れ、のたうち回る兵を尻目に、パトリックは左腰の短剣を抜き、寝ている貴族と思わしき男に駆け寄る。

もがく兵の声に、警戒していた帝国兵が戻って来たが、すでにパトリックは、寝ていた男の首に短剣を当てていた。

「動くな! 動けばコイツを斬る。あやしい動きをしても斬る。言う事を聞けば、コイツとお前達の命は保障しよう」

そう言われて、警戒していた兵が、武器を捨てるまで、およそ2分。

その後、兎を持って帰って来た兵が、叫び出し、それを帝国兵がなだめるという事態になり、その声で呑気に寝ていた男が目を覚まして、パニックになるという、奇妙な光景が見られた。


〰〰〰〰〰〰〰〰〰〰〰〰〰〰〰〰〰〰〰〰〰〰〰〰〰〰〰〰〰〰〰〰〰〰〰〰〰〰〰

とりあえずの戦闘は終了した。

反乱は鎮圧、帝国の侵攻は返り討ち。反乱した貴族家は、基本取り潰し。

領土は、一旦王家に返還となった。

ある家を除いて。

「さて、兄上達、無いとは思うが、申し開きはあるのかな？」

パトリックは、目の前に居る茶髪の青い眼をした、筋肉も脂肪も付いてる男2人に聞く。

お分かりの通り、パトリックの兄2人だ。

砦から馬車で逃げだしたのを、しっかり捕縛されたのだ。

「パトリックッ！　早く縄を解け！　偉そうにしやがって！」

「そうだ！　早く解け！　私は次期男爵家当主だぞ！」

全く解っていない２人。

「リグスビー少尉、この２人は頭に虫でも湧いてるのか？」

聞いたのは、わざわざ来てくれたサイモン中将。

「このジジイ！　誰に向かって言ってんだ！」

自国の中将、貴族でしかも侯爵閣下に、これは無い。

「黙れ！　兄上！　いや、兄と呼ぶのもムカつく！　いいか虫ケラ！　この方は、王国軍中将にして、上級貴族のサイモン侯爵閣下だ！　たかが元男爵家の跡取り予定だった奴が誰に向かって口を開いておる！　その口を開くな！」

と、言いながら、パトリックは、長男の顔を蹴りつけた。

「まあまあ、ここはリグスビー少尉の顔に免じて、黙認しよう。リグスビー少尉、こやつらの処分はお前に任せて良いと、陛下から言われておる。ワシは見届けるだけだ。一言アドバイスするなら、少尉の下す処分で、今後の少尉の評価も変わるという事を言っておく」

「はっ！　承知いたしました」

「では、任せる」

サイモンは、近くの椅子に腰をかけた。

この場には、中将の他にも、法務長官のギブス侯爵や、軍上層部も居た。

「では、今回の処分を言い渡す前に、俺からお前達に伝えておこう。クソ親父と、お前らを産んだブタは、俺がしっかり仕返ししてから、殺しておいた」

「なっ！　なに!?」

「きさまっ！　実の親を殺したのか！」

　２人はパトリックを睨むが、パトリックは気にせず、

「で、お前達の処分だが、長男は、当主の反意を止める事が出来なかっただけでなく、反乱に加担した罪で、王都を引き回しの上、石投げの刑の後、打ち首。次男は、うちの兵達による尋問の練習の後、石投げの刑の後打ち首！　以上！」

　その後、２人の罵声がパトリックに浴びせられるが、それを黙って聞くパトリックの表情は、晴れやかだったという。


〜〜〜〜〜〜〜〜〜〜〜〜〜〜〜〜〜〜〜〜


「なんと言えばいいのか、それほど家の人間が嫌いなのだろうなぁ」

　サイモン中将の呟きに、

「まあ、聞いた事が事実なら、納得できはするが、なかなか冷酷だな」

　ギブス侯爵が返す。

「陛下への報告は、ワシがしておく。皆は戻って良い」

サイモン中将以外は部屋を出て行き、1人静かな控え室に残っていたが、すぐに王の元にと部屋を出る。途中パトリックの監察官のジョシュと廊下で出会う。目的地は一緒なので、そのまま2人で向かう。王の執務室に到着し、護衛の兵に声をかけて、入室の許可をとる。


「陛下!」

臣下の礼をとるサイモン中将とジョシュ監察官に、

「よいよい、まあ座れ。さて、ジョシュの報告から聞こうではないか」

と、言った。

そしてジョシュ監察官が「では報告致します……」と話し出す。

◆◇◆◇

「以上です!」

ジョシュ監察官の報告が終わる。

「サイモン、どう思う?」

王の問いに、

「確かにあやつは、冷酷な所があるようです。兄達への処分も2人とも死刑の前に、なかなか酷い刑罰付きのものでした。が、それは基本リグスビー家にだけでしょう。部下には多少恐れられてはおるようですが、国に対しては忠実であると思われます」

サイモンは思うままに答える。

「確かにな、報告でも、カーリー家の者には、アッサリと首を飛ばしたというし、残虐性がある訳では無さそうだ。まあ、拷問の件は置いておくが」

と、少し笑いながら王が言う。

「私は、正直怖かったです。蛇に睨まれたカエルの気分でした。腕前は、中の上から、上の下くらいでしょうが、面と向かった正々堂々の勝負ならいざ知らず、戦場であったなら、勝てる気がしません」

ジョシュ監察官が言葉に出す。

監察官はけっこう強い。何故なら監察する相手が逃げないように見張るのが仕事だから、逃げようとする者を取り押さえる腕前が必要なのだ。

「確かにこれまでの戦闘でも、光るものがあるとの報告も多数ある」

これはサイモン中将の言葉。

「ふむ、蛇に睨まれたか。なるほどなるほど。よし！　いい事を思いついた！　それと、帝国のボンクラルドルフ第3皇子だが、それもパトリック・リグスビー少尉だろう？　少尉をもっと上手く活用できる部署は無いか？　もったいないぞ？」

と、王が言う。

「確かに。しかしどう使えば良いのか。暗殺、後方攪乱《かくらん》、この辺ならかなりの働きが期待できましょうが、そんな部署はありませんし」

「無ければ作れば良い！」


数日後、捕らえられた反乱貴族達の刑が執行された。

見学に来ていたパトリックの高笑いが響き渡ったという。


1ヶ月後、諸々《もろもろ》の処分などは終わり、帝国とは5年の不可侵条約を締結。

賠償金や身代金が支払われた。

第3皇子は帝国に戻ったが、暫《しばら》く幽閉だろうとの噂だ。

反乱5家は正式に取り潰し。

で、王国はこの日、式典が行われた。

ウェインは、しっかりと活躍しており、中尉に！　二階級特進である。

ミルコ伍長は、軍曹に。コルトン上等兵は、兵長に。

そして、パトリックは……

「少佐ですか!?　凄い！」

と言ったのは、ミルコ軍曹。

「それと、第8軍機動連隊長に任命に、スネークス子爵拝命と！」

と言ったのはウェイン。

そう、爵位を賜《たまわ》ったのだ。

リグスビーの名は、不名誉に塗《まみ》れているので、王は新たにスネークス家を立ち上げ、パトリックにスネークス家を与えた。

男爵家の三男から、子爵家当主となったパトリック。

領地は、旧リグスビー男爵領と、旧ハーター子爵領の半分ほど。

弱冠16歳にして、新たな貴族家の当主誕生であった。

第三章　貴族として

王国軍には、7つの軍が在った。


第1から第3軍は、王都の守備警護と、治安維持が役割である。

王宮近衛《このえ》騎士団も、第1軍の中に在る。

第4が東方面軍、第5が西方面軍、第6が南方面軍、第7が北方面軍である。

方面軍は基本、その方角の砦と、周辺の守備警護と治安維持が任務だ。そこに地方領主の兵が補佐をし、王国の守備警護と治安維持を担っている。


王都の三軍は現場は大将1人と中将2人が指揮をとる。

事務方は、中将と少将が取り仕切ってる。

サイモン中将もこの中の1人、第2軍の指揮官である。

方面軍の方も中将や少将が指揮を執る。

今回、異例なのは、新たに創設された第8軍。

機動連隊の指揮官が、少佐であるという事だ。

建前上、第8軍の指揮官は、サイモン中将が兼任となった。

軍の中で、将では無い指揮官というのが、認められずこうなった。

規模が現在連隊のみであるため、陛下の言葉によりパトリックが事実上指揮を執る。運用に成果が出て順当にいけば、兵も増えるかもしれない。

連隊とは、大隊3個分である。

決して多くない兵数であるが、そこには理由があった。

先ず、森の中の移動が想定されるため、走竜に乗れる人員が望ましい。

これをクリア出来たのが、一個大隊程度であった。これに補佐として、馬に乗れる部隊と、馬車での補給部隊にその護衛。

その兼ね合いで、現在連隊規模となった。

そして、その訓練は、過激なモノだった。

パトリックブートキャンプ。

泥水をすすり虫すら食べ、精神的に追い込まれる。目が虚《うつろ》になった兵が、兵舎をふらつきながら食堂に向かい、硬いパンを貪って食べて涙を流す光景が、多々目撃されたという。

武器も特殊で、その訓練も苛烈であったという。

創設1年後、第8軍機動連隊は死神部隊として初陣を迎えるまで、徹底的にしごかれたのだった。

パトリックは部下から、〝薄ら笑いを浮かべて非道な訓練を課す〟上司。

［死神パトリック］

と、恐れられたという。

さて、軍の形態を一度整理してみよう。

前にも説明したが、最小単位は分隊である。

人数は3人。分隊長と部下2人だ。分隊長は、軍曹、伍長、兵長や上等兵。

分隊が3つで小隊。小隊長と分隊3つで、計10人。小隊長は、曹長や軍曹。

小隊3つで中隊。中隊長と小隊3つに、支援兵が入ってだいたい40人くらい。

中隊長は、少尉や曹長。

中隊3つで大隊。人数は、支援兵をいったん抜いて30×3の90＋支援兵10で、100人くらい。

大隊長は、大尉か中尉。

大隊3つで連隊。人数は300人ぐらい。連隊長は中佐か少佐。

連隊3つで、師団。人数は、1000人ぐらい。師団長は大佐。

師団2つで、軍団。人数は、2000人で、軍団長は少将か大佐。

軍団2つで、方面軍。人数は、4000人。方面軍指揮官は中将か少将。


だが、物語でもお気付きだろうが、全員が前線に立つ訳ではない。

後方で、食糧の調達や武器等の運搬、施設の保全や伝令に走る兵等で、3分の1から半分ぐらいは必要になってしまうのだ。

兵2000でという表現は、この世界では、前線で戦う兵の数である。特に方面軍ともなると、裏方というか後方支援的な兵の数が多くなる。


パトリックの連隊で言うと、走竜に乗れる兵は、およそ100人強。それに馬で戦う兵が、およそ100人強。これが前線で戦う兵だ。

馬での伝令や輸送部隊との連絡要員で40人ぐらい。

輸送部隊の馬車の御者と警護で40人となる。


以前、盗賊を倒した時は、馬車で輸送部隊と一緒に行動していたので、あの人数だったのだ。

輸送部隊といえど兵士であるので、戦闘訓練はしておりもちろん戦える。

腕は一枚落ちることが多いが。

そして、この国の貴族の説明を。

上から、勿論王家。次に、公爵、侯爵、伯爵。

ここまでが、上級貴族と呼ばれる。

次に、子爵、男爵。これが中級貴族。ここまでが、家督を相続出来る貴族だ。


そして、下級貴族に、準男爵と騎士爵。

騎士爵は、平民が貴族に認められ、貴族から任命される爵位である。

爵位の相続権は無く、一代限り。

準男爵は、王に認められ、王から任命される。爵位の相続権は無く、一代限り。

だが、騎士よりは上とされる。下級貴族が活躍貢献し王に認められれば、男爵の爵位を与えられる可能性が出てくる。

が、騎士爵の場合、貴族との繋がりが強固ゆえ、騎士爵の子に、新たに騎士爵を与える事が多い
が、準男爵の場合、王との繋がりは、認めた貴族と騎士爵程ではないので、本当に一代限りの場合が多い。

そして、騎士爵を与える事が出来る貴族は、上級貴族である事が条件である。

子爵や男爵に騎士爵を任命する権限は無い。

当然、国からの俸禄にも、差がある訳だが、騎士爵で年間金貨5枚、準男爵で6枚である。

準男爵や、騎士爵は、いわゆる名誉爵でもあるので、本業がある。だいたい国軍や領兵であるので、軍からの給与は別に貰える。

また、準男爵の子が騎士爵に任命される事も多いので、この辺は複雑である。


貴族の領地の規模の説明をすると、公爵ならば、日本で言うと、○○地方という言い方、例えば関東地方など、その地方規模の領地が有ると思って貰いたい。だいたい県4つほどか。侯爵ならば、県2つほど。伯爵は1つの県。

子爵なら、県の半分ぐらい。まあ、街や町が4つや5つ。

男爵なら、町や村が3つほど、ぐらいの感覚で思って貰いたい。

準男爵と騎士爵に領地は与えられない。

しかし、貴族に雇われて、代官として、町や村を治める事はある。

また、宮廷貴族と呼ばれる領地を持たない貴族も存在する。

そして、辺境伯という特別な爵位も存在する。


話は、式典の直後の事。

式典が終わり、今回の戦で手柄有りで褒賞された者達が、王城へと移動する。

宴《うたげ》にはほぼ全ての貴族当主や代理の者、軍の高官が出席するので、下級兵にとっては、居心地の悪い苦痛な行事ではあるのだが、今回少尉以下の者は数が多過ぎるので、出席はしていない。

パトリックとウェインは、宴が開かれる城の中庭に居る。勿論他の出席者も。

形式は立食。

ここで、爵位の低い者や軍人は、上位の者との面識を取り付けるのが普通だ。

貴族はより上の者との交流を図る。例えば派閥などに加入して、地位の安泰を。

軍人ならば、後ろ盾や退役した後の就職先を。国軍の死亡率は領軍に比べると高いので、途中で領軍に行く者も少なくない。

ウェインの場合、中尉となったが立場は男爵家の息子、しかも三男。

跡取りでもないので、後ろ盾などほぼ無いに等しい。

それほど男爵家というのは、力が無いものなのだ。実家のキンブル家は武家の貴族で、男は全員軍人ではあるが、当主ですら大尉。

ウェインの1つ上なだけである。母の実家も男爵家で、こちらの当主は中尉。

軍内部でも、力がある訳でも無いのだ。

だがしかし、ウェインの周りには人集《ひとだか》りが出来ていた。

貴族当主は、妻や娘も連れてくる。ある意味集団見合いの場が、宴なのだ。

ウェインの容姿は、飛び抜けて良く、実力もかなりのモノ。

子爵家や男爵家の次女三女は勿論、息子の居ない家などは長女の婿に、有望な武家の血を取り込もうとしているのだろう。

まあ、娘達が乗り気なのは間違いなく、積極的にアピールしている。

居場所がないパトリックは、ウェインから離れ、1人で料理を食べていた。

何せ存在感が無いので、誰からも話しかけられないからだ。

ウェインが居る方向からは、華やかな女同士の足の引っ張り合いが、絶妙なバランスで繰り広げられていた。

そこに、とある美女の登場。

「ウェイン・キンブル君、少しいいかな？　我が娘を紹介したいのだ」

と、若い美女と一緒に現れたのは、サイモン中将。

サイモン中将には息子が居なかった。生まれるのは娘ばかり、5人の妻が居るにもかかわらずだ。

15人の娘が居ると聞く。

どうやら連れて来たのは長女であると思われる。

ウェインより年齢は1つ2つ上であろうか。

身長は165センチぐらいだろう。長い金髪に青い瞳、スラッとした細身だが、2つのメロンを胸に隠しているのかと聞きたくなる。

まあ、見目麗しいとは彼女の為に有る言葉だろう。名をエミリア・サイモン。

娘の方も、ウェインを見て顔を赤らめているし、まんざらでもない様子。

そんな風に、ぼんやり眺めていたパトリックに、

「パット兄様！」と、パトリックを呼ぶ声がする。

少女の声だ。

普段のパトリックを認識できる人は少ない。

が、彼女の家系は、だいたいパトリックを認識できる。それはおそらく、〝血〟であろう。

「お父様、お兄様！　パット兄様を見つけましたよ！」

嬉《うれ》しそうに後ろから来る男達に声をかける、茶髪の長いツインテールを振り回す少女。

「元気そうだな、アイシャ。大きくなったな、りっぱなレディーだ。ただ声が大き過ぎる。もう少し声の大きさを下げようか」

パトリックが、苦笑交じりに声をかけると、

「3年、いえもう4年ぶりでしょう！　声だって大きくなります！」

と、茶色の瞳でパトリックを見つめる元気いっぱいのポッチャリ少女。

「よう！　パット！　久しぶりだな。大活躍だな！」

「うむ！　元気そうで何よりだ！　パトリック！」

そう声をかけてきた、男2人。

「2人もお変わりなく。デコース兄！　トローラ伯父様！」

そう、母の兄と、従兄妹《いとこ》達であった。

カナーン男爵家はバリバリの武家貴族。

特に騎兵での活躍は凄まじく、男は体格が良くパワー系であるし女性はポッチャリ系である。パトリックの母もポッチャリ系であった。

旧リグスビー家の正妻は超デブ。つまり金の亡者は、デブ専であった。

従姉妹《いとこ》のアイシャも、少しポッチャリ。

「パトリックに抜かれたなぁ！　ガハハッ！」

と、笑うカナーン当主は、第1軍大尉で、所属は王宮近衛騎士団。全身金属鎧を着ていても、凄まじいスピードで動き回る、ある意味バケモノである。

頭頂部が少し薄くなった茶髪と、茶色の瞳のデカイ眼。

身長も180センチほどあるが、それよりも筋肉のほうに目が奪われる。

性格は竹を割ったような男で、嫌な事は嫌と言ってしまう為、大尉のままだが実力派で、本来なら将になっていてもおかしくない男である。

ただ、金儲けの才能は無かったため、とある時期に領地が不作続きで、貯《た》めていた食糧や資金が底をつき、王国貴族の高利貸しとして有名だったリグスビー家から、借金というか妹を側室に出すことで、結納金を受け取り不作の時期を乗り切った。

自分の身内より、領民の事を優先した男である。なので領民からの信頼は厚い。

まあ、その件で正妻の金遣いが荒くなり、ウエスティン家から借金する羽目になったリグスビー家は、カナーンの呪いと揶揄《やゆ》し、黒い瞳を持つパトリックに敵意が向いたのだが。

王宮近衛騎士団に所属しているため、普段は王城の王家の住むエリアに詰めているか、領地に居るため、パトリックとは顔を合わす場面は無かった。

トローラとよく似たデコース。

カナーン男爵家長子にして、後継が正式に決まっている。

2年前までは、父と同じく王宮近衛騎士団に所属していたが、後継が正式に決まり、軍からは一旦離れ、領地にて運営修行中である。

父親によく似た体形と茶髪に茶色の瞳のデカイ眼、カナーン家の特徴である。

この世界の王国軍には正式除隊、普通除隊、不名誉除隊、名誉除隊、予備役除隊がある。

正式除隊は、いわゆる定年退職。普通除隊は、ただ単に軍を辞める事。

不名誉除隊は、不祥事などによるクビ。名誉除隊は、戦死。

予備役除隊とは、デコースのように、一旦離れているが、戻れる待遇の事を言う。

デコースはパトリックより10歳上で、パトリックが子供の頃、年に一度、母と共に里帰りしていた時に、よく稽古をしてくれていた。

それはパトリックの母が、他界するまで続いていた。パトリックにとっては、実の兄達より――

まあ、あの兄弟を兄と思っていたかは、かなり怪しいが――デコースの事を兄と慕っていた。

身体は大きくて力持ち、心は優しい。それがデコースである。

アイシャは、パトリックより２つ下、元気が取り柄で顔の造りはかなり良い憎めないポッチャリだ。

パトリックには実の兄達と同じように、いやそれ以上に懐いている。

「パット、また家に来い！　弟達も会いたがっているしな！　戦の話も聞きたい。領地運営の相談にも乗るぞ！」デコースの言葉に、

「デコース兄！　正直助かる！　いきなり当主になって、正直困ってたんだ！」

と、笑顔で答える。

パトリックにも、家族と呼べる人達が、この世界には居た。

４人で食べて飲んでと、楽しく過ごし、休暇を取ってカナーン領に行く約束をして、その場が盛り上がっていた所に、新たに人が近づいてくる。

「スネークス少佐殿！」

元気な男の子の声がし、そちらを見ると、見覚えのある少年が。

「お久しぶりです」少し前に助けたケビン・ディクソンだ。

「お元気そうで何よりです」パトリックも答える。

その後ろからディクソン侯爵が来る。

「お久しぶりです。ディクソン侯爵閣下」と、パトリックが挨拶すると、

「陞爵《しょうしゃく》と出世、おめでとう。スネークス少佐。活躍ぶりは聞いたよ」と、笑顔でかえすディクソン侯爵。ディクソン侯爵の頭の中では、男爵からの陞爵と理解されているようだ。ほとんどの貴族も同じ考えなのだろう。それくらいいきなり子爵というのは異例の事なのだ。

2人に挨拶をし、カナーン男爵家を紹介するパトリック。誘拐の件は上手くボカした。

3家が和気藹々《あいあい》と話す場を、遠くから見つめる変わった服装の金髪の少女が居たが、パトリックは気がつかなかった。

そして、ケビン君を見るアイシャの目が、怪しく光っていた事にも気がつかなかった。


式典後、軍の大異動が有った。

戦死や負傷の為に人数が減った事による補充に、大量の新人が入って来た。

パトリック関連で言えば、ウェインが抜けた。サイモン中将の所、第2軍に異動である。

聞く所によると、中将にみっちりシゴかれてるとか。まあ、将来の婿に対して、後遺症になるような怪我はさせないだろう。

そう、ウェインの婚約が決まったのだ。リア充爆《は》ぜろ。

第8軍は新たに新設されたので、特訓の最中である。何せこれまでとは全く違う働きが望まれて

いるからだ。

いわゆる後方攪乱、潜入、暗殺が主な任務。それと盗賊の捕縛も任務となった。盗賊についてはパトリックが、

「対人戦闘と、潜伏などの訓練になる」と、言い出したためだが。

装備も一新された。

森の中の移動では邪魔になる長い槍は、短い物に変更された。剣は基本片手剣、もしくは刀。

弓矢は、小型で携帯性の良いものに。距離は捨て、命中精度重視で訓練中である。

次に、投擲《とうてき》武器。

投げナイフは、回収出来なかった時に、予算的に辛《つら》いので、もっと単純に、前世の記憶から引っ張りだした物。

「手裏剣？　ですか？　初めて聞く武器ですが、これ、どうやって投げるのです？」

と、聞かれて、手本を見せると、なかなか好評であった。

ただ、鍛冶屋《かじや》には、かなり文句を言われた。

「いくら作りが簡単でも数が多すぎる！　殺す気かっ！」

「鋳造《ちゅうぞう》なんだから、まだマシだろ！」

殺す気なんかさらさら無い！

走る。とにかく走る。

もう、何時間走っているのか分からない。

すでに半数は脱落しているだろう。あちこちに頽れたり、寝っ転がってる兵士がいる。

俺はミルコ。王国軍兵士だ。今は第8軍に所属している。

新たに新設された第8軍は、後方攪乱、潜入、暗殺が主な任務だ。

敵の後方に回るためには、体力が必要だと言われ、毎日走らされている。

ただ、何時間走れとか、訓練所何周とか、目標を知らされてないのだ。

これがキツイ。

あと何周とか、目標が有れば頑張れるのだが、ゴールが分からないのは、心が折れる。

だが、先頭を走ってる人が、終わりと言うまで走れとの命令だ。

命令に従うのが軍人だ。走りながら、水筒から水を飲む。少しむせたが、飲まなきゃ倒れる。

あの人、小柄なのに体力あるのね。初めて知ったわ。

「少佐～、もう半分も残ってませんよ～どうします～！」

俺が聞くと、スネークス少佐は、

「じゃあ、あと50人脱落したら、終了だ。そのかわりスピードアップで！　周回遅れになったやつは脱落で。脱落者達には、罰ゲームあるからな！　じゃあ行くぞっ！」

そう言って、先頭を走ってた少佐が、更にスピードを上げた。

ええい、少佐はバケモノか。

後日、罰ゲームとして、王都の清掃作業をする第８軍兵士の姿が見られ、国軍のイメージアップに繋がったとか。


今日は第８軍全員で、森の中で楽しいキャンプだ。

森の小川近くでテントを張り、食糧を森で調達。

獣は居なかったが、オークが３匹も居てくれたので、お肉は充分確保できた。

少し怪我人は出たけど、野外活動での怪我は付き物だよね、まあ軽傷だし。

晩飯に俺の手料理を皆に振る舞ったら、大変好評であった。

晩飯の後、狐狩《きつねが》りならぬパトリック狩りをやった。

簡単だ。森の中で俺を見つけたら良いだけ。

見つけて俺から証《あかし》を貰えたら帰ってから賞金、金貨１枚を出すと言えば、みんな喜んで参加した。

したんだけどね。

うん、朝まで木の上で寝てただけになった。

みんな小さい頃に、かくれんぼとかしなかったのかな？

まあ、ぐっすり寝られたし良いけど。

あと、木の上に鳥の巣が有って、大きな卵が1つ有ったので、失敬しておいた。

手のひらサイズの卵。

今、温めてる最中だ。前世？で、手乗り文鳥に憧れてたんだよなぁ。生き物なんて、買って貰えるはず無かったから。

結構デカイ卵だけど、どんな鳥だろう？

朝からは、森の中での小型弓矢の訓練と、手裏剣のカーブの掛け方なんかを教えた。が、全員元気が無いし、精度も悪い。帰ったら特訓だな。

手裏剣は、直線用の手裏剣と、曲がる奴がある。いわゆる十字形は、曲がる方。

棒状形は、真っ直《す》ぐ投げる方だ。

昼からは、またパトリック狩り。

昼間なのに見つけられないとか、あいつら注意力が足りない。ヒントは残してやったのに。足跡やら、草木の倒れ方とか、見たらわかりそうなのに。

見つけないと晩飯抜きって言ったのに、本気出さないとかなんなの？

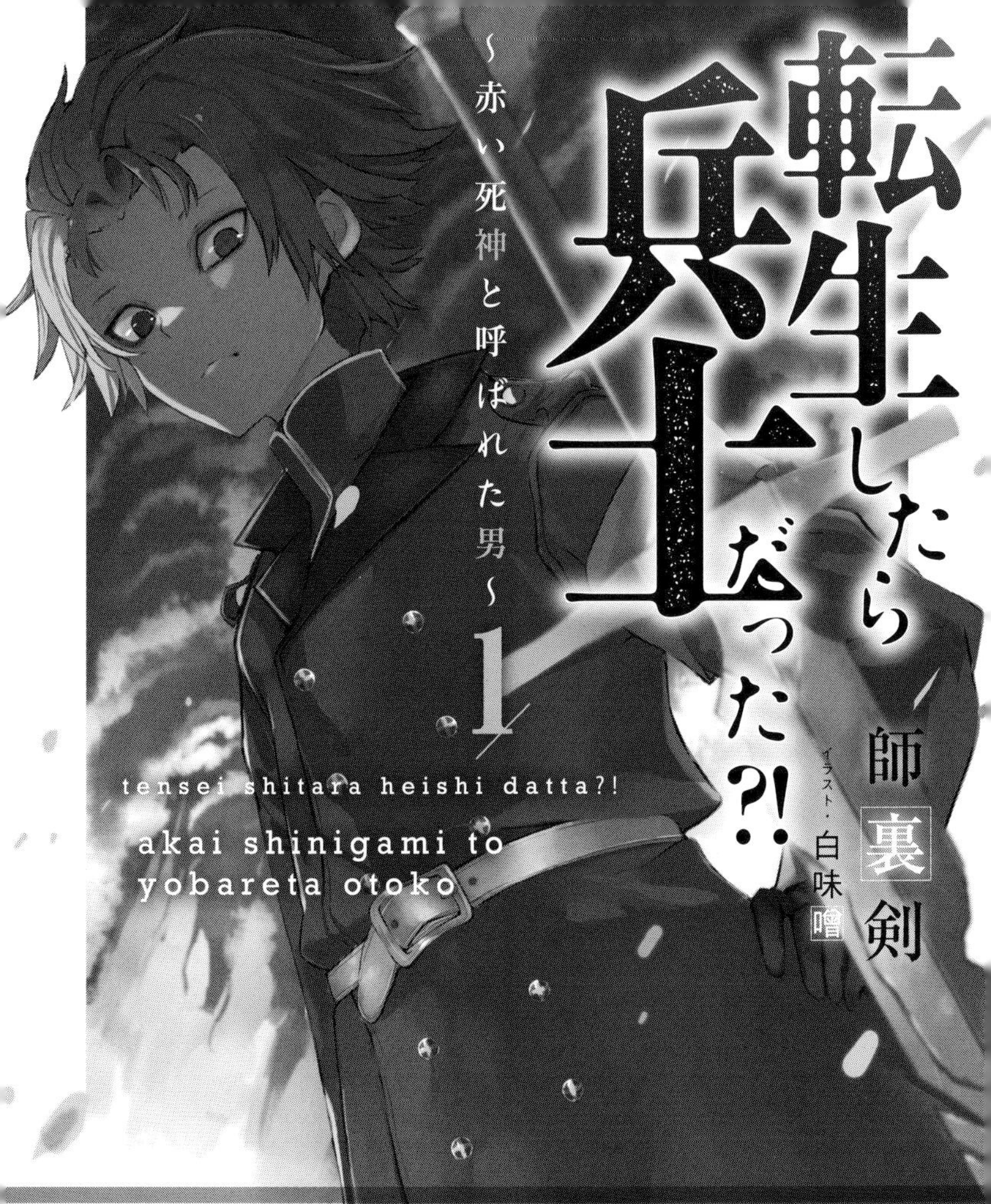

初回版限定
封入
購入者特典

特別書き下ろし。

ソーナリスは神童と呼ばれていた。

※『転生したら兵士だった?!　～赤い死神と呼ばれた男～ 1』をお読みになったあとにご覧ください。

EARTH STAR NOVEL

ソーナリスは神童と呼ばれていた。

私、ソーナリスは神童と呼ばれていたんです。

生後1年で、片言ながら言葉を発し、侍女とコミニュケーションをとりだします。

驚いた両親は、「この子は天才だ！」と喜び、英才教育をすると意気込んで、家庭教師をつけました。

僅か1歳の子供にですよ？

家庭教師も最初は半信半疑でしたが、ちゃんと話をする私に驚き、授業が始まりました。

最初は文字の読み書きからです。

まあ、簡単でしたね～。

内緒ですが私には前世の記憶があります。

地球と言う星のとある国に産まれました。

色々あって18歳の時に日本と言う国に渡りました。

地球で一番難しいと言われる日本語を、1年で完璧にマスターした私にとって、この国の文字など、平仮名を覚えるくらいの難度でしかありません。


読み書きをマスターしたので、次は算数です。

数学ではなく算数です。

足し算引き算？　今更間違えるわけないじゃない！　掛け算割り算？　舐めてんの？

むしろ、初めて聞きましたってフリするほうが難しかった。

ここで家庭教師も「この子は天才だ！」と言い出して困った。

ただ、この国の歴史や地理は、初めて聞くことなので、真面目に聞きましたよ。

私はやりたい事がたくさん有るので、さっさと習うことは習い終わってしまいたいのです。

そう、前世の趣味よ、再び！　です。


国語算数地理歴史と、すべてマスターしたのが３歳です。

城中の者達から神童と呼ばれました。

この頃までは！

お母様から、「王家の女性に刺繍の技能は必須です」と言われて刺繍講座が始まりました。

ふふん、私を舐めてもらっては困りますね。刺繍は大得意です！

前世の趣味で極めましたから！

ここでも、「この子は刺繍まで天才なの!?」と驚かれましたが、その後すぐに「感性が少しオカシイのかしら？　天才って変わり者が多いって本当なのね……」と言われました。

某ロボットアニメの、某彗星の人が所属していた公国のマークを刺繍しただけなのに。

その後、裁縫やら金属細工や、革加工まで覚えて、自分の服を作った頃、周りの反応が変わりました。

「見て！　あの変な服。どこの国の民族衣装なのかしら？」

「貴女知らないの？　アレ、殿下がご自分で作成した衣装らしいのよ。変わってるわよねぇ、ソーナリス殿下って」

「まだ子供だから、流行をご存知ないのね」

などと言われ出したのですが、私は私の着たい服を作るのです！　他人の評価など気にしませーん！


そのうち、布の染料にも拘ったり、自分でカラフルな組紐を組んだりすると、作れる服の幅が拡がり、かなり満足な物が作れるようになりました。

ただ、私の作った服を着てくれる人は居ませんでしたが。

あ、組紐だけは好評で、かなりお小遣いが貰えますよ！　金貨単位で！


「ソナ！　あなたまた変な服作ってるの？」

ヤバイ、お母様に見つかった。服作るより組紐をと言われてたのに。

お母様は貴族の奥方様達からのお願いで、私が組んだ組紐が欲しいと頼まれているのです。私が組んだ組紐を、貴族の女性たちに下賜する形で渡し、宝石や金などを献上という形で貰い受けているのです。その中から私にお小遣いが渡されるのですけどね。


はあ、組紐を組んでいきますか。お小遣い無くては、好きな生地や染料を確保できませんからね！

銀細工なんてかなりお金かかるし。

よし！　頑張るぞ！

ダイエットでもしてんの？　次の朝、腹減って寝られなかったとか、俺に文句言っても知らんわっ！

〰〰〰〰〰〰〰〰〰〰〰〰〰〰〰〰〰〰

眠たい。マジで眠たい。腹減った、マジで。

ん？　今何してるかって？　スネークス少佐を捜してんだよ！

昨日の夜もパトリック狩りとか言われて、捜したけど、夜にあの人を見つけられる訳ないだろっ！　俺は反対したのに、皆が乗り気で全員参加になってしまった。

そのまま寝ないで手裏剣の訓練して、またパトリック狩りだよ。

手裏剣、アレは初めて見た武器だが、かなり良い。長距離は無理だが、10メートルちょいなら、かなりの威力で当たる。ナイフと違って、小さく軽い。

いやいや現実逃避してる場合じゃ無い。

少佐を捜さないと。昼でも見つからねぇ！

森の中で足跡探せ？　無茶言うな！　草木の倒れ方？　だからわかんねぇよっ！

はっ！　いかんいかん、歩きながら寝てた。

しっかりしろっ！　ミルコ！　お前はまだ捜せるはずだろ！　軍の敷地内では捜せたじゃないか

っ！　冷静になれ！　口調もおかしいぞ！　深呼吸だ！

ああ、腹減った……お、イモムシ発見！　これ案外美味《うま》いんだよな！　少佐に食えと言われた時はこの世の終わりかと思ったけどな〜、ふう……落ち着いた。

自分をそう言って奮い立たせるが、だからと言って見つかる訳もなく。

結局１人も賞金を手に入れられなかった。

後で聞いたら、夜中は木の上。昼間は、土の中に潜ってたらしい。てか誰が土の中を捜すんだよっ！

〰〰〰〰〰〰〰〰〰〰〰〰〰〰〰〰

第８軍には、軍服以外に、戦闘服を作ることにした。

なんせ予算は他の軍と同じだけあるのに、人数少ないから、余り気味なんだよね。

で、音が出るのは問題外なので、金属鎧は勿論無し。

革ブーツと胸当て以外は、布製の緑と黒と茶色のマダラ模様。これは森用の所謂《いわゆる》ＢＤＵ、バトルドレスユニホームというやつだ。

地球の軍人さんが戦闘で着てるやつね。他にも岩山用や、砂漠用も作った。

それに、腰ベルトに片手剣とナイフを装備させ、胸当てという名前で、ベストタイプの収納付きのやつを作った。

そこに手裏剣などを、1つずつ収納して、ガチャガチャ音がしないようにした。

これで森の中での、隠密性が格段に良くなったはず！　なってると良いなぁ。

そうそう、卵だけど、無事孵化《ふか》した!!　したんだけどね、鳥じゃ無かったよ。

蛇だったよ。

うん、おかしいとは思ってたんだよね。殻が柔らかかったし。

詳しい人に聞いてみたんだけど、この世界の蛇の一部は、卵のある鳥の巣に卵を産んで、鳥に温めさせるらしい。

勿論鳥の卵は食べて行くので、巣には蛇の卵しかない。

で、孵化と同時に、温めていた鳥を食べて、最初の餌にすると。

頭良過ぎ。

孵化した途端、俺の手に噛《か》み付こうとしてきたからなぁ。まあ避けたけどね。

それから毎日ネズミ獲《と》っては、蛇にあげてるんだ。ペットって可愛《かわい》いよね。


〜〜〜〜〜〜〜〜〜〜〜〜〜〜〜〜〜〜〜〜〜〜〜〜

「あれじゃダメだな」

パトリックは先日の野外活動を振り返り、独り言を呟く。

夜の木の上は、隠れるのにも、攻撃するのにも有効だ。そこに気が付かないのは問題だ。

昼の方は、獣の巣穴に潜って、入り口を中から塞いだだけだ。

ちゃんと見てれば不自然さに、気が付いたはずだ。

寝不足による集中力の低下が、認識力を低減させたのだろう。

第8軍の任務を遂行するためには、敵に察知されないように隠れたり、場合によっては逃げたりしなければならない。

一晩の徹夜くらいで、あの状態では、命に関わる事があるかもしれない。

「とりあえず訓練と、痕跡確認の重要性の認識確認かな」

訓練所を歩くパトリックに、イケメンから声がかかる。

「よう！　パット！　久しぶり！」

「お、ウェインじゃないか。相当中将に鍛えられてるらしいな。噂で聞いたぞ！」

少し前まで、部下であった男だが、婚約したリア充野郎である。

「いやそれを言うなら、お前んとこの隊員が愚痴ってたぞ。森の中で夜中まで訓練してるらしいじゃないか！　オークとか出たらどうすんだ？　夜中じゃ太刀打ちできんぞ？」

夜の森での戦闘は、自殺行為であるので、この意見は正しい。が、

「お前、俺らは夜の森を抜けて、敵の後方を攪乱するのが任務の時もあるんだぞ？　訓練で出来ないことが、実戦で出来ると思うか？　それに、昼間に魔物を討伐してからの夜の訓練だぞ？」

「いやまあ、そうだけどさ。お前を捜す訓練だろ？　見つけられる訳ないじゃん！」

「そんな事ないだろ？　動いてないんだぞ？　俺は」

「動いてないから、見つけられないんだよっ！　足音もしねえお前を、見つけられるかっ！」

「なんか酷くね？」

「お前、隊員達に何て呼ばれてるか、知ってるか？」

「ん？　みんな少佐って呼ぶけど？」

「それは目の前にいるからだろっ、陰では《死神》って、呼ばれてるからなっ！　訓練で死の世界に連れて行かれそうだって、もっぱらの噂だぞ？」

「なに？　やつらあれで死の世界とか、まだまだ甘い。今日から本当の地獄を見せてやる」

ニヤリと笑ったパトリックに、ウェインが、

「マジで？　余計な事言ったかなぁ」と呆《あき》れた声をあげた。

そしてその翌日、

「し、死ぬ……」

「馬鹿野郎！　喋れてる時点で死なねえよっ！　はよ走れっ！」

「寝かせてくれ……」

「寝たらぶん殴るぞっ！　はよ走れ！」

「あ、足が鉛のようだ……」

「気のせいだ！　はよ走れ！」

「もう、一日中走ってる気がする……」

「大丈夫だ！　気のせいじゃ無いからはよ走れ！」

訓練所に響く声に、

「あれ、８軍だよなぁ？」

「ああ、昨日の朝からずっと走らされてる」

「丸一日以上だろ？　地獄だなぁ」

「ただ、スネークス少佐も一緒に走ってるから、文句言い難いよなぁ」

「俺、８軍じゃなくて良かった」

「ほんとそれ！　あそこの訓練、マジヤバイ！」

「2軍が天国に見えるなぁ！」

と2軍兵士が笑い、その横でウェインが、走らされている8軍を見ながら心の中で、（すまん、俺のせいだ）と、謝っていた。

「今日の訓練は、８軍と合同となった！　諸君も見ているだろうが、８軍の訓練は、気合が入ってる！　我が２軍も見習うべしだ！　というわけでスネークス少佐、頼むぞ！　ワシは陛下に呼ばれとるでな！」

「はい、サイモン中将！」

歩き去る中将に、２軍の兵士達から、恨めしい眼差《まなざ》しが刺さるが、中将は気がつかない。

その中には、もちろんウェインもいる。

◆◇◆◇

８時間後、

「パットォォォッツッ！　頼むから休ませろぉぉおおお！」

ひたすら走らされてる２軍の不満を代表して叫んだウェイン。だが答えは、

「い！　や！　だ！」

その日を境に２軍からも死神と呼ばれるパトリック。訓練終了後、訓練所には屍のように倒れる２軍の兵士を、可哀想《かわいそう》な目で介抱する８軍の兵士達の姿が目撃された。

パトリックは、馬車に揺られる。目的地は、カナーン領。

デコースに会いに行くためだ。

子爵になったパトリックは、領地を運営しなければならない。

元リグスビー家に居た者達のうち、半分くらいはその後も雇う事にした。

主に別館で働いていた者達だが、本館で働いていた者は、ほとんど逃げた。

パトリックからの仕返しを恐れて。まあ、土下座して許しを乞う者もいたが。

まあ、旧リグスビー家の者と一緒に、パトリックに暴力をふるっていたので、そりゃ逃げるだろう。

役所の方は、ほぼそのまま採用である。ただ1人を除いて。

その男は、助役的な立場で、旧リグスビー家の言いなりで、不正に金を集めており、領主がパトリックに替わった途端に逃げたのだが、領民に捕らえられ、今は牢屋の中である。

領軍のほうは、先の反乱でかなりの数を減らしており、追加募集をかけているが、まだ数は足りていない。なにより将や佐官尉官が足りない。

国軍を退役した者達で、なんとか動ける者をかき集めている状況である。

カナーン領の中心地トニル。

国の南部に位置するカナーン領は、緑溢《あふ》れる農作地が多い。

トニルは人も多く、農作物を運ぶ馬車が走り回り、活気に溢れている。

その中央にカナーン家の屋敷がある。

2メートル程の塀に囲まれた屋敷の門の前に、馬車が止まる。

中年の細身の門番が御者に声を掛ける。御者がそれに答え、門番は頷き門が開けられる。パトリックは、馬車の小窓を開け、門番に声をかける。

「やあ、チャーリー。久しぶり」

「パトリック様？　おお！　まさしくパトリック様！　旦那様よりお聞きしておりましたが、ご立派になられて！」

青い瞳をパトリックに向けて話す金髪の男は、少し嬉しそうだ。

「うん、ありがとう。明日にでも、前みたいに稽古つけてよ」

「懐かしいですなぁ、承りました！」

馴染みの顔を見たパトリックの顔は、優しい表情であった。

屋敷に招かれ、応接室に通されたパトリックが、やはり顔なじみのメイド長がいれた紅茶を飲む。

「エリンダさんも元気そうでなによりだね」

パトリックは、金髪の老女に声をかけた。メイド長のエリンダである。

「パトリック様は、ご立派になられて」

「まあ、成り行きでこうなったけど、やれる事を頑張るさ」

「旦那様が嬉しそうに話しておられましたよ」

と、会話していると、コンコンと、ノックの音がし、エリンダさんが、ドアを開けると、カナーン家執事のポールが入室してくる。

入れ替わりにエリンダが、頭を下げて部屋から退《さ》がる。

「パトリック様、お久しゅうございます。そしておめでとう御座います」

白髪で細身の老人が、頭を下げる。

黒のスーツ姿がバッチリ決まった、正に出来る執事。

「ポールさん、久しぶり。ありがとう、元気そうだね」

「いやいや、かなり体力が落ちましてな。最近はデコース様との稽古でも、負けが増えつつあるんですよ」と、青い眼を細くして話す。

（いやいや、この年であの人と稽古してほぼ勝ちとかバケモンだろ）と思いつつ、

「またまた、そんなこと言って、こないだ式典の時に、デコース兄から聞いたよ？　両手剣、新調したらしいじゃない。まだまだヤル気充分でしょ？　デコース兄なんか、［ポールには、よほど体調良くないと勝てん」って、ボヤいてたよ？」

「デコース様も精進されてますから、気を抜くとやられますのでね」

と、笑顔をみせる。

「ああ、懐かしくて話し込んでしまいました。旦那様たちが、食堂でお待ちしておられます」

「分かりました、向かいましょう」

勝手知ったるカナーン家、屋敷の間取りも覚えているので、迷う事はないが、ポールの後に続いて歩く。

ポールがとあるドアの前に立ち止まり、コンコンとノックをし、

「スネークス子爵様をお連れ致しました」

と、中に声をかけると、

「お通ししてくれ」

と、中から声がする。

そのやりとりに、パトリックは内心、

（子爵様って、ププッ。お通ししてくれって、ププッ）

と、笑いを噛み殺していた。

ドアを開けられ、パトリックは食堂に入る。

「よく来たパトリック！　いや、スネークス子爵様！」

「トローラ伯父様、やめて下さいよ、いつも通りパトリックでお願いしますよ。近衛の方は、休暇ですか？」

「いや、デコースが、子爵様と呼んだ方が良いのではないかと言うのでな、今月は休暇だ」

と、伯父のトローラが言うと、長子であるデコースが、

「いや、子爵だし、少佐だし、呼び捨てはどうかと思ってな。まあ、パットがそう呼べというなら、

公式の場はマズイだろうけど、内輪なら今まで通りでいこうか」

と、デコースが言う。

「パトリック、久しぶりだね、活躍の話を直に聞かせてくれよ」

と言ったのは、デコースの弟であるブロース。

彼はデコースより5歳年下で、カナーン家らしく、筋肉質なマッチョマン。茶髪でデコースより は少し背が低い。

今はカナーン領軍を率いている男である。

「ブロース兄、久しぶり！　いやぁ、成り行きでてんてこ舞いだったけど頑張ったよ～」

パトリックにとって、ブロースもまた、兄と呼ぶべき存在であった。

デコースとの稽古を一緒に受けた仲である。

「パット兄！　戦の話聞かせてよ！」

と言ったのは、アイシャより1つ下の三男、アーレン。歳下なのにパトリックよりも背が高い。

「アーレンも元気そうだな。よし聞かせてやろう」

そうして、パトリックは椅子に座り、ツマミを食べながら酒を交えて、男達の戦話はアイシャが夕飯を食べに食堂に来る時まで続いた。

◆◇◆◇

カナーン領での楽しい2日間を過ごし、帰路の馬車の中、全身の筋肉痛に耐えていたパトリック。

「しかし、あの2人元気過ぎだろ」

稽古をつけてくれた4人の中、特にキツかった2人を思い出す。

トローラ伯父とは良い勝負、デコース兄には1度勝てたが、門番のチャーリーと、執事のポールには、全く歯が立たなかった。

まさにコテンパンにやられた。

2人はスピードタイプで、パトリックが動くと神速の如《ごと》く動くのだ。

チャーリーの槍捌きは、見事と言うほかなく、ポールは大剣を軽々と振り回すのだ。

「わかってた事だが、俺にはスピードが足りないな。帰ったらそっちの特訓しないとな。だが、収穫は盛りだくさんだな」

今回の訪問の目的は、人材確保である。領軍しかり、屋敷の使用人の補充もだ。

執事とメイド長の目処《めど》が立ったのも大きい。

ポールの甥《おい》っ子、と言っても、もう中年なのだが、サンティノと言う35歳の男が、カナーン家で働いていたのだが、スネークス家に来てくれることになった。

メイド長は、パトリックには馴染みの、母に付き添ってリグスピー家に来ていた、メイドのリーナが来ることになった。

領軍の方も数人、カナーン家の親戚が、カナーン領軍から、スネークス領軍に移籍してくれる話になった。

カナーン家には頭が上がらないなと思いながら、領地経営に少し明るい材料が増えて、心が少し軽くなった。

第四章　赤い死神

王都に戻ったパトリックに、1軍と3軍からも訓練の依頼が有り、1軍と3軍の兵士からも死神と呼ばれだし、元々死神呼ばわりしていた8軍と2軍も合わせて、王都の軍の兵士から、ありがたく無い二つ名を頂いた。

その一月後、パトリックに命令書が届く。

「貴様ら！　任務だ！　第2戦闘配備にて、翌朝出発だ！　総員、準備せよ！」

パトリックの号令に敬礼した兵士達は、急ぎ準備を開始する。

第2戦闘配備とは、野盗殲滅のための装備である。馬車の偽装や、冒険者風の革鎧などである。

ちなみに第1戦闘配備とは、本来の姿、戦争での後方撹乱などの装備である。

第3戦闘配備は、魔物用装備だ。

命令書

1、北部方面街道に出没する野盗を殲滅せよ

2、道中の領地の経営状態の偵察

3、その他、異変が有れば報告せよ

以上

カストロール・フォン・アンドレッティ大将からの命令書により、8軍は翌日に北に向かって出発した。

ただ、パトリック直属の小隊だけは、別行動をとっていた。

街道に出る盗賊程度、今の8軍にとっては、格下で楽勝だと思ったからだ。

それだけ鍛えた自信がある。さらに出発前に、

「いいか！　誰一人死ぬことは許さん！　全員生きて帰ってこい！　誰か1人でも死んだら、訓練倍にするからな！　今までの訓練を思い出せ！　あれだけやったのに負けるはずが無い!!　1人が危なそうなら、皆でフォローしろ！　いいな!!」

と、発破をかけた。

倍と聞いて、兵たちは真っ青にはなっていたが。

パトリック達は、8軍の少し後ろ、平原でギリギリ目視出来る距離で、8軍の動きをチェックしていた。

「お、出たな盗賊」

「やはり商隊に偽装するのは、有効ですね」

「盗賊って、バカばかりだなぁ」

「お、戦闘が始まったな」

「てか、盗賊弱過ぎません？　もうほぼ終わりそうですよ？」

「まあ、ばらけてた商隊が、全部仲間で、総攻撃されるとは思わなかっただろうからな」

「適度に距離も空いてたし、別の商隊なら、襲われた商隊を無視して、逃げるのが定番ですからなぁ」

「あ、終わった」

「10分かかってないな」

「上出来！」

哀れな盗賊は、数人の捕虜以外は、殲滅させられていた。

パトリックは、ミルコ分隊以外を、そのまま8軍の監視とフォロー用に追随させ、パトリックとミルコ分隊だけ、街道から離れた。街道沿いにある村や町を視察する為だ。今回は冒険者に偽装し、馬で移動している。

いくつか村を見ていく。そしてとある町に到着した時、町に入るのに、銀貨1枚取られた。いわゆる入町税だ。

額は、領地に任せてあるわけだが、銀貨1枚は高すぎる。安い所だと、銅貨3枚、高くても銅貨10枚がせいぜい。

「ここは、たしか？」

「はい、ニューガーデン少将の領地だったはずです」とミルコが答える。

「あのブタ少将か」

町の中も、どこか活気が無い。荷馬車の数も少ない。

そもそも町に入る馬車が少なかったからだが、原因は入町税だけなのか、他にあるのか。

とりあえず今夜の宿を決め、宿屋の食堂で聞き耳をたてる。

泊まり客が少な目なため、声が良く聞こえる。

この宿は中級の宿なので、普通なら、商人達で賑わうはずなのだが。

「俺らみたいな商隊なら、銀貨払っても何とかなるが、個人の行商は、銀貨払ったら儲けが無いだろうなぁ」

「たしかにな、だから物が少なくなり、物価が上がって、俺たちは儲け多目だが、全体としては物は無いだろうな。宿代も前回来た時より、銅貨４枚ほど値上りしてるしな」

「こりゃ、ますます物価上がりそうだなぁ」

商人達の会話を聞きつつ、運ばれてきた食事を見る。

黒パン２個と野菜スープ、ヒツジ肉のソテー。食べると塩味が薄い。塩の入荷も減っているのだろう。

パトリックは、この町だけなのか他の町もなのか、調査が必要だと感じた。

翌日の朝早くから、ニューガーデン領の他の町に向けて、馬を走らせる。

「ここもか」

「なぜこんなに値上げしているんでしょう？」

「金を集める為か、人の出入りを減らしたいのか、どっちかだろうな」

「出入りを減らす？」

「少しでも領の噂を流させない為に、出入り自体を減らす手法ってことさ」

「噂ですか？」

「俺たちが知らないだけで、何かあるのかもしれん。まああのブタが、ただたんに金を集めてるだけかもしれんがな」

その日は安い宿に泊まってみた。

普段なら、泊まっているであろう冒険者は見当たらず、商人ばかりが目立っていた。

そう言えばと、

「そういや、町で冒険者見てないよな？」

パトリックは、今、気がついた。

「たしかに！　普通なら、絶対見かけるはずです！　おかしいですよ！」

いったいニューガーデン領で、何が起きているのか。

パトリックは、ニューガーデン領の領都を目指す事にした。

「銀貨2枚だ！　早く出せ！　無いなら帰れ！」

コレが街に入るのに言われた言葉である。

「活気どころか、人が少なくね？」

街に入っての感想である。

まだ日は高く、普通なら溢れかえっていてもおかしく無いはずである。

パトリックは、冒険者登録をしていないので、ミルコに、冒険者ギルドに行ってきてもらう事にした。平民出身の兵は入隊する前は、だいたい冒険者ギルドで仕事をした経験があるのだ。

ちなみに冒険者には、13歳から登録できる。

日銭を稼ぐ為、武器の扱いを知る為、理由は様々だが。

そして、帰ってきたミルコの口から、とある報告がもたらされる。

「どうやら、魔物が溢れたらしいです、スタンピードです！」

スタンピード。読者には説明不要であろうが、一応説明しておく。

この世界には、魔力がある。

魔力は有りとあらゆるものに有る。

生き物しかり、鉱物しかり。そして空気にも！

天然の洞窟などに、魔力が溜《た》まると、魔物には、とても住み心地の良い場所になる。

そういった場所で魔物が発生または繁殖し、どんどん殖える。

魔物を適度な数のうちに倒し、駆除するのが領兵の仕事で、冒険者は、依頼のあった魔物の部位や毛皮を持ち帰るのが仕事だ。

どうやら、金をケチって駆除を怠ったらしい。

兵を動かせば金がかかる。冒険者に狩らせても報酬が必要。

その金は、必要経費なのだ。

それをケチって使わないと魔物が増えて、気がついたときには手遅れ。魔物の集団暴走だ。

どうやら、慌てて領軍と冒険者を派遣したのだが、大量の魔物に返り討ちにあい、大勢の怪我人や死者を出したようだ。

領内の冒険者ギルドには口止めし、国には報告すらしなかった。

商人が来れば、護衛の冒険者も来るしギルドにも行く。情報が漏れる可能性が上がる。だから、人が来るのを抑制したのか。

「隠し通せる訳がないのに」

ミルコはギルドの受付嬢に銀貨2枚握らせて、聞き出したらしい。

その場で銀貨2枚をミルコに渡し、続きを聞く。

洞窟のほうは未だに魔物で溢れ、残った兵と冒険者で街の中に侵入されないようにするので、精一杯の状況らしい。

「王都に帰るぞ！　ミルコは8軍をここに連れて来い、俺は陛下に報告してすぐ戻ってくる！」

ミルコ側2人、パトリック側2人で、慌ただしく街を出た。

2日間馬をかけ通しで王都に戻ったパトリックは、すぐにサイモン中将に報告。

サイモン中将は、アンドレッティ大将に。アンドレッティ大将から陛下にと報告され、翌日には大慌てで準備がおこなわれ、さらに翌日の早朝、王都から第2軍がフル装備で大量の物資と共にニューガーデン領に向かう。

軍の事務方の責任者ナンバー2であるニューガーデン少将は、情報隠匿の容疑にて拘束された。

5日後、2軍はニューガーデン領に到着、既に街の手前で待っていた8軍と合流。すぐさま街に入りサイモン中将とパトリックは、冒険者ギルド責任者を拘留、尋問し、事態の全貌を把握。

ニューガーデン家に、１００人の兵を派遣し、そちらを拘束。

領軍の指揮官は既に逃亡しており、副官だった男が必死に指揮をしていた。

国軍合流により、冒険者達は後方に下がり、魔物殲滅作戦が遂行された。

洞窟の入り口から溢れ出た魔物は、ゴブリンやオーク、オーガとグレイウルフ、さらにサイクロプスと、多様な種類が存在した。

弓兵の絶え間ない射撃により、雑魚ゴブリンはほぼ壊滅、なんと５００を超えるゴブリンが居たのだ。

槍隊による突撃でオークを。騎兵はスピードを活《い》かしオーガを。８軍はすばしっこいグレイウルフを。

そして腕利き達は、サイクロプスを相手にしていた。

キング級が居なかったので、ある程度順調に魔物を倒して行く国軍。

もちろん無傷では無いし、負傷者多数、死者も出ている。

だが、一番の難敵はサイクロプスだ。戦っている精鋭たちも苦戦中だ。サイクロプス１匹ならまだ良かったのだが、５匹も居るのだ。

一つ目の巨人の名は伊達《だて》では無く強い。矢で目を狙うのだが、サイクロプスもバカでは無い。目が狙われるのは解っているので、絶えず片手で目を隠すようにし、デカイ図体で走り回る。足にでも当たれば大怪我確定である。

2軍のエースとなったウェインは、部下を指揮しながら、サイクロプスと渡り合う。

「てか、ウェインの奴、もはやバケモノだな。サイクロプスと正面からタイマンとか、人辞めてるだろ」

ウェイン1人でサイクロプスを押さえながら、部下の指揮も行い、もう1匹を押さえさせているのだ。槍の動きが見えやしない。見る見る傷付き血を流すサイクロプス。

他の腕利き達も、サイクロプスを数人がかりで押し気味である。


〜〜〜〜〜〜〜〜〜〜〜〜〜〜〜〜


とあるサイクロプスは、見えない敵と戦っていた。

何も居ない。居ないのに傷が増えるのだ。

サイクロプスは思う。自分は何と戦っているのだと。

闇雲に腕を振り回すが、空を切るだけ。

足元に何かが居る訳でも無い。なのに、脚に傷が増えていく。

（ヤロウ動きすぎだろ）

パトリックは内心ビビっていた。

サイクロプスの腕が当たれば、パトリックの体型では即死だ。闇雲に振るう腕がかするだけで大怪我だ。

紙一重で全てかわしているが、かわすしか手が無いのだ。受けでもしたら、腕は骨折ではすまないだろう。

かわして斬りつけ、下がっては突入を繰り返している。

最初の剣鉈《けんなた》から刀に持ち替え、斬れ味重視で関節の裏を狙う。膝の裏ですらパトリックの頭より少し下の位置なので、狙うのは膝の裏とアキレス腱しかないのだ。

何度か斬りつけ、ようやく右脚の膝の裏の腱の切断に成功する。

サイクロプスが膝をついて、ようやく脇腹が狙えるようになった刹那、走り寄ってスッと刀を右脇腹に走らせると、斬り裂いた脇腹から、大量の血液と腸《はらわた》が飛び出してきた。

サイクロプスが痛みに吠《ほ》える。

その腸をパトリックが握りながら猛スピードで離れると、ズルルッと腸が引き出される。

それを阻止するように、サイクロプスは両手で右脇腹を押さえる。

ようやく目が開いたとパトリックは、棒状手裏剣で目を狙う！

ブスッ、と手裏剣が目に刺さる。

吠えながら、手を目に刺さった手裏剣を抜く為に移動させるサイクロプス。

また腸を引きずり出すパトリック。

目と脇腹からの出血。噴き出る血液を全身に浴びるパトリック。

腸を切断すると中から食べたものが溢れ出し、異臭が漂う。

痛みに地面を転がり回るサイクロプス。

掴んでいた腸から手を離し、サイクロプスの首目掛けて駆け出すパトリック。サクッと音がし、ようやく首を斬りつける事に成功した。噴水の様に血液が飛び散り辺りを血の海に変える。

倒れたサイクロプスの横に立ち、呼吸を整えるパトリックを見ていたミルコが、

「流石死神……」と呟いた。


「赤い死神！」


誰かが叫んだ。

ウェインもサイクロプスを倒し終え、腕利き達も2匹を倒しており、残るはあと1匹。

ウェインの部下が押さえていたサイクロプスだ。

皆がその1匹に集まりだすと、サイクロプスは両手を広げて振り回して威嚇する。

パトリックはサイクロプスの手が目から離れた刹那に、胸の収納から手裏剣を取り出して投げる。

1発で刺さった手裏剣。サイクロプスが両手で目を押さえて吠える。

それを見たウェインや腕利き達が、一斉にサイクロプスに向け走り出す。

パトリックは周りに目をやる。どうやら終わりが見えたようだ。

数分後、ドスンと大きな物体が倒れる音が辺りに響いた。

疲れ果てたパトリックは、自分が倒したサイクロプスの頭の上に座り、周りを見渡す。

魔物の死体が溢れ、所々にある兵士の屍に覆いかぶさり泣き崩れる兵士。怪我人の呻き声。まさにこの世の地獄。

全部ブタ少将のせいだ。

ちゃんと金をかけていたなら、こんな事になっていなかったはずなのだ！

ゴブリンなどの、使い道の無い魔物は全て焼かれ、オークは肉を、オーガは角を取られ、ウルフ系は、毛皮を剝ぎ取られて焼かれた。

サイクロプスは、目玉と肝臓が薬になるらしく、それ以外は焼かれた。

放置すると、病気の原因になる事、あと稀《まれ》にゾンビ化する事もある為、処理をしっかりと終えたのち、国軍は帰路につく。

死者と負傷者を馬車に乗せ、国軍は王都に向かう。喜びと悲しみを乗せて。

パトリックは８軍に合流した。

負傷者はいたが死者はいなかった。それが、ただただ嬉しかった。

ニューガーデン伯爵家は、家財全て没収の上、家は取り潰し。平民に格下げとなって、王都所払いとなった。

死刑にならなかった理由は、王家を裏切った訳では無い事と、領兵を一応差し向けていたから。

逃げた領軍指揮官は後日逮捕され、職務放棄の罪で犯罪奴隷として鉱山行きとなった。

ニューガーデン領は王家直轄地となり、そのうち別の貴族の領地となるだろう。

王都に戻った2軍と8軍は、2日の休暇が与えられた。

が、パトリックは、国王より呼び出されていた。

場所は、謁見の間。膝をつき頭を下げるパトリック。王が入場し、玉座に座る。

「パトリック・フォン・スネークス子爵、面をあげよ」

脇に控えるベンドリック宰相が言う。

「はっ！」

短く応え、顔を上げるパトリック。

「此度の件、そちの報告が無ければ、大問題になった可能性が高い。良く気が付き、報告してくれた。よって、褒美を取らす。宰相、目録を」

王の言葉に、宰相は頷き、1枚の紙を読み上げる。

「パトリック・フォン・スネークスに褒美を取らす。1つ、パトリック・フォン・スネークス子爵を、伯爵に叙する。1つ、現領地と旧ハーター子爵領の残り全部を与えスネークス伯爵領とする。1つ、パトリック・フォン・スネークス伯爵を、中佐に任ずる。以上！」

パトリックは、

「有り難き幸せ、これからも国王陛下、ならびに国民の為に、この力を捧《ささ》げます」

と、答える。

頷いた国王は、

「あとな、スネークス。これはワシからの褒美だ。受け取れ」

と、宰相に合図すると、宰相は小さな木箱をパトリックの前に持ってくる。

それは、掌《てのひら》より少し大きな木箱。

「ははっ」と言って受け取る。

「ふむ。励めよ！　あ、そうそう、スネークス」

「はっ！」

「お前、家紋の申請がまだだろ？　ワシが代わりに決めて申請しておいたぞ！」

と、ニヤリと笑った王が、謁見の間から退出していった。

パトリックは、（あ、やらかした）と、背中に冷汗をかいていた。

第五章　伯爵と成りて

謁見の間を辞したパトリックは、王城の中庭のベンチに座り、木箱の蓋を開けた。

「なにこれ?」

そこには、蛇の形をした腕輪が収まっていた。パトリックは、腕輪を手に取り、よく見る。

「なるほど、ここが開いて腕に装着する感じなのか、よし！　着けてみるか」

カチャンと音を立て、パトリックの左手首に腕輪が装着される。

すると、隙間があっという間になくなり、ピッタリと腕に固定された。

不思議に思うパトリックは、「これ、どうやって外すの?」と呟く。

先程開いた部分が、無くなっていた。

「まあ、いいか。貰ったものを着けてても、問題は無いしな」

軍事以外は、ほとんどお気楽な考えの持ち主であった。

パトリックは軍の兵舎に帰ろうと、ベンチを立ち腕輪を見ながら歩き出す。

その時、ドンと、何かがぶつかってきた。

「キャッ」

と、少し高い声がし、目の前の少女が尻餅をつく。

「ああ！　申し訳ございません。余所見《よそみ》をしておりました。お怪我は御座いませんか？」

パトリックは、尻餅をついた変わった服装の少女の手をとり、立ち上がらせる。

年は12歳くらいだろうか？

細い身体に、金髪のショートカット、主張しない胸、青い瞳の可愛い少女。

着ている服はこの世界では少し異質だが、高級感が漂う。王家御用達《ごようたし》の大店《おおだな》の娘だろうか？

「い、いいえ、わたくしの方こそ、余所見を。失礼しました」

「お怪我が無いようで安心しました」

「はい！　大丈夫です」

「では、私は失礼いたします」

パトリックは、会釈して立ち去る。

後に残された少女は、パトリックの後ろ姿を見て、

「フフ」

と、にこやかに笑った。

王の私室のドアが、バタンッと開く。

「お父様！」

入ってきた少女は、元気いっぱいの声で、王に呼びかける。

「ソナ、入る時はノックしなさいといつも言ってるだろう、それにその服、なんとかならんのか？」

ヒラヒラした布に光沢のある布を縁取りのように縫い合わせた奇抜な服を着ている少女。お父様と呼んだその少女を、王は優しく叱《しか》る。

「はい、ごめんなさい。って、服装は今関係無いでしょう！　でも！　聞いてください！　さっき中庭を散歩していた時にあの方を見つけて、ついにお話しできました！」

「あの方？」

「もう！　前に言ったじゃない！　式典の時に、素敵な殿方を見つけたと！」

と、言われて王は思い出す。

「ああ、なんか言っていたな。式典には、多くの貴族や軍人が来ていたから、誰か解らないとか言っていたが、今日は外からは、数は来ていないはずだな。誰かわかるかも知れん。その男の特徴は？」

と、王に聞かれた少女は、頬に指を当てながら、

「えっと、年は17歳くらいかな？　服装からして、軍人の貴族当主。黒い頭髪と、黒い瞳でぇ……」

と、言われたあたりから、王の頭の中に、１人の男が思い浮かぶ。

「左の腕に、蛇の腕輪してました！」

と言われて確信する。


『パトリック・フォン・スネークスだな』


と。

その後、ソナと呼ばれた少女にパトリックの事を、根掘り葉掘り聞かれてウンザリする王と、嬉しそうに聞く少女のある意味微笑ましい親娘《おやこ》の姿があった。

「はぁ！　やっとお名前が分かりました！　パトリック・フォン・スネークス様ですって！」

侍女に話しかける少女。

「良かったですね。ソーナリス殿下。思い人の名前がわかれば、色々聞いて回れますもんね」

侍女が答えると、

「うんうん！　ガンガン調査しちゃうよ～。好みの食べ物から服装、女性の好みまでなんでも！

必ず手に入れて見せる！」

握り拳を天井に向けて突き出すソーナリス殿下。

それを見て侍女は、

「気合入れるのは良いですが、その服装を気に入って貰えなければどうするのです？　服装や髪型で（この国の貴族の女性は長髪である）、変わり者殿下と有名なのは、ご自分でもご存知でしょう？　自分の服を自分で縫う殿下とか、聞いた事ないですわよ？」

と、少し小言を言うが、言われた少女は、

「フッフッフ！　私の服装を見て、少しも変な目で見なかった事はチェック済みでーす！　髪の毛の長さなら、ほっとけば伸びるし！　まああの方に限って、そんな偏見は無いと思うわよ！　優しく手を差し伸べてくださったもの～！」

と、その場でつま先立ちでスピンしながら言う少女。

侍女の言う通り、少し変わり者のようだ。

「はぁ」と、侍女の重いため息が漏れた。

兵舎に戻ったパトリックの部屋に、来客が来た。貴族当主なのに、未だに兵舎に住んでいるのもどうかと思うが。

兵舎には、管理人が居る。

管理人はその名のとおり、管理する人達である。食事の世話や掃除、規律の管理が主な仕事だ。

主に戦死した兵の妻や子供が、働いている。

たまに兵舎の中に、民間人を連れ込む兵が居るので、抜き打ち検査をしていた。

今日は、パトリックの部屋の検査であった。

もちろん事前通知は無い。てか、パトリックはそんな制度があるのを、今知った。

そして、部屋に入った管理人は、とあるものを見て、

「ギィヤアアァァァァァ!!!!」

と、叫んだ!　視線の先にはとある存在。


蛇だ。


「はい!　すいませんでした」

かれこれ1時間くらい、正座で説教を喰らっているパトリック。

おばさまパワーというか、ど迫力で喚く熟女に言い返す事が出来なかったパトリック。

伯爵とか中佐とかおばさまには関係無いようだ。

兵舎でペットの飼育は禁止らしい。そんな事聞いた事が無かったが。まあ飼ってる人も見た事はないのだが。

で、最後に言われたのが、

「今すぐ出ていけ！」

パトリックは、寝る場所を失った。

「あーーー、どうすっかなぁー」

背中に大きなリュックを背負い、首に大きな蛇を巻きつけた男が、王都を歩く。

まあ、目立つ事目立つ事。人がまるでモーセの海割れのように割れていく。

宿に泊まろうとしたら、全て断られた。原因は言わずと知れた首に居る蛇。

いや、首に居るというのは如何《いかが》なものか？

読者の方は、アナコンダという蛇をご存知だろうか？

体長８メートルを超えることもあり、人すら丸呑《の》みにできる蛇。それと同じくらいデカイ蛇だ。

いったいどれだけ餌を与えれば、こんなに大きくなるのだろうか。

アナコンダには毒は無いが、パトリックの首どころか、全身にまとわりつくその蛇は、青みがかった緑色で三角形の頭を持つ。

三角形の頭の蛇は、だいたい毒蛇である。

自然との距離が近いこの世界、三角形の頭の蛇には近づくなと言われて育つのが当たり前であり、そりゃ宿も取れない。

パトリックは、不動産屋に行くことにした。が、さすがに即入居できる物件は無かった訳で、その日パトリックは訓練場でテントを張って寝ることになった。

翌日の早朝、ランニングに来た兵士にたいそう驚かれる。

訓練所の真ん中にポツンとテントが張られ、しかもそのテントから巨大な蛇の身体がはみ出てるのだから。よく攻撃されなかったものだ。


後日、紹介されて購入した屋敷にたどり着く。

「ここかぁ」

目の前には、豪邸があった。

「デカいなぁ」

パトリックは、不動産屋に出した注文を振り返る。

なるべく早く入居できる物件で、デカイ部屋がある屋敷。料金は、金貨１００枚まで！

パトリックは、軍の給金や褒賞でまあまあ稼いでいた、特にボンクラの身代金の褒賞が大きい。

とりあえず渡された鍵で門を開け、敷地に入る。

荒れ果ててはいるが、庭は広い。いや広すぎる。

屋敷の玄関にたどり着き、鍵を開けて入ると、ホールの広さと正面の豪華な階段が目に付く。

「なんでここが金貨100枚？」

疑問に思うパトリックだが、視界の先に黒く動くものを確認する。

実はこの物件、あのハーター子爵家の王都での屋敷であった。

例の反乱で、家が取り潰しとなり、王家に召し上げられた物件だったのだが、王家とて、使わぬ屋敷の管理など、金の無駄である。

すぐに王都の不動産屋に払い下げられた。

不動産屋は、屋敷の掃除に冒険者を雇い、草刈りや掃除をさせようとしたのだが、ここで問題発生。

屋敷に、いつのまにか、ネズミが住み着いたのだ。

ネズミ？　そんなもん追い出せば良いと思うであろう。

しかし、ただのネズミではない。れっきとした魔物のネズミだ。

ギガラットという魔物。体長50センチから1メートルの魔物で、繁殖力が旺盛で、すばしっこく、知能も高いため冒険者には嫌われている。肉は臭く毛皮は脆く、使い道がない上にゴブリンより強い。スピードを活かした体当たりで、攻撃してくるのだ。それがおよそ200匹。

しかも、数匹でも仕留め損なったら、瞬く間に繁殖する。

ネズミの出る屋敷など、売れる訳がない。不動産屋は早く手放したかった。

物件を見ずに買ったパトリックもパトリックである。が、

「ぴーちゃん、食べていいよ」

ぴーちゃんとは、蛇の名前らしい。

ネーミングセンス、ゼロである。

この蛇のどこがぴーちゃんなのか、小一時間問い質《ただ》したい。

ぴーちゃんと呼ばれた蛇は、まるで人語が分かるかのように、すぐに目の前のギガラットに飛びかかった。

数時間後、お腹《なか》がパンパンに膨れたぴーちゃんが、玄関ホールで真っ直ぐに伸びて寝ていた。体が曲がらないくらい食べたのだろうか。

パトリックは、冒険者に依頼して、掃除と草刈りをして貰う。

とりあえず屋敷の中の掃除は終わった。

冒険者は、ネズミのフンの掃除に疲れ果てていた。

家具の類《たぐい》は全く無いので、その日は毛布を敷いて寝た。

翌日、寝具だけ買い揃えたパトリック。荷物はリュック1つに収まる程度しか無いのだ、タンスなど必要ない。

この日から、パトリックはぴーちゃんの餌狩りから、解放された。

なんせ家の中に餌が住んでいるのだから。

ぴーちゃんは、各部屋を巡回して、ネズミを食べる。

どんどん大きくなる。食べる量が増える。

2ヶ月後、屋敷からネズミが消えた。駆逐したらしい。

また、餌を狩りにいかなければならないかと思いきや、蛇は、数ヶ月食べなくても平気だと人から聞いた。

パトリックは、月に一度、森にぴーちゃんを連れて行き、食い溜めさせる案を思いついたのだった。

後日、森にぴーちゃんを連れて行き、

「行っておいで」

と、言いながら、ぴーちゃんを地面に置くと、スルスルと音もなく草むらに消える。

数分後、何かの叫び声が聞こえる。

1時間くらい、数分間隔で叫び声が聞こえ、戻って来たぴーちゃんのお腹は、樽のように膨らんでいた。

パトリックは、ぴーちゃんを持ち上げ、

「重っ！」と、言いながら、屋敷に戻るのだった。

ここで、スネークス領の話をしよう。

旧リグスビー領は本来豊かな領地であり、普通ならば借金を抱える領地ではない。

たんにブタの使い過ぎが原因である。

パトリックから数えて3代前のリグスビー当主は、高利貸しを始めた。

その資金は、更に2代前から始まった、エール造りとワイン造りの利益により貯められた。

更に1代前の当主は、麦の連作による収穫の減退に気が付き、途中で豆の栽培を挟むというやり方を生み出す。豆は、地球で言う大豆に似た豆であった。

本来、リグスビー家とは、有能であったようだ。

領地は水に恵まれ、広大な麦畑と、ぶどう農園が広がる。

税として納められた麦は、金に換えず麦のまま、税として国王に納める。

残りの麦は酒に変える、エールだ。ぶどうは勿論ワインになる。

食糧としての麦、エール、ワインが、旧リグスビー領の主要産業である。

酒はとにかく儲かる。造れば確実に売れるのだ。

だからこそ、王国の高利貸しとまで呼ばれるほどに、金を持っていた旧リグスビー家。

だが、ブタの散財で、蓄えはほぼ消えていた。

だが、ウエスティン家が消えたおかげで、借金も消えた。

なおかつ、ブタが集めた宝石の一部は、そのままスネークス家に下賜されていたので、資金は充分あった。

パトリックは、大酒飲みではないが、嗜《たしな》む程度はする。前世の記憶もあって、エールにはかなりの不満があった。

パトリックは前世でウイスキー派だったのだ。で、職人を呼び蒸留器を作らせた。

エールを蒸留してウイスキーの様なものを造ったのだ。

これが当たった！　安物エールの３倍の儲けが出た。調子に乗ってワインからブランデーも造った。こちらは、熟成過程を酒職人とエルフの協力の下、時魔法（レア魔法である）で、一気に３年熟成という無茶をしたが。

ワインの需要が高いので、数が造れなかったが、貴族に売れれば、ウハウハだった。

勿論王家にも貢物として献上しておいた。

さて、旧ハーター子爵領だが、こちらは農地に向かない土地である。

原因は、広大な湖とその周りに広がる湿地帯である。

旧ハーター子爵領の主産業は、漁業であった。

だが、養殖の技術の無い世界で、魚を捕り過ぎるとどうなるかは、火を見るより明らかである。

漁獲高は年々下降し、金が無くなり借金という訳だ。漁業で儲かっていた時、まあ数代前だが見栄を張って王都に大きな土地を買ったのだが、その後少しずつ漁獲高が減り、屋敷を建てる時は金回りが減っていたので土地の割には小さめの屋敷になった。まあ、それでも大きい屋敷ではあるが。

パトリックは、視察に行った時に、湿地帯にとある草を見つけた。それもかなりの量である。

村人に、「これ、食わないのか?」と、たずねたら、

「麦に似てますが、パンにならんのですだ。だで、鶏《にわとり》や豚に食わしてますだ」

と、答えられた。

そう、稲である!

パトリックは、すぐに稲栽培を推奨し、作った稲は、伯爵家で全て買い取ると宣言する。

勿論、日本酒目当てである。あと塩むすびも。

精米技術がイマイチだったので地球の日本酒のような透明さは無く、ほんのり茶色の酒が出来た。

あと、みりんと、大豆を使った醤油《しょうゆ》も。

新しい調味料と、新しい酒は、王都でウケた。

のちにスネークス領は、王都に次いで栄えた領地となる。

酒都などと呼ばれることにもなる。


スネークス家は新興の家である。


当主しか居ないのだ。

貴族にとって、繋がりとは大事なものである。

嫁に出したり婿を取ったりで、親戚関係が出来る、それが派閥になったり、諍《いさか》いの原因になった

りする。

パトリックには、親兄弟はもう無い。自分が殺したからであるが。

なので血縁関係と言えば、母の血筋のカナーン家と、父親の妹が嫁いだ男爵家が東のほうにあるのだが、パトリックとは交流が無い。

しがらみが無くて良いと思うパトリックだが、困った事もある。

人を雇う伝手《つて》が無いのだ。

領地のほうは使用人の遠縁などで雇うにも限度があり、貴族の子弟が通う学院にも行ってないので、同級生などを雇うという事も出来ない。

王都に屋敷を買い、1人と1匹で暮らしているパトリックにとって、現在進行形で困る事に、屋敷の掃除がある。使っているのは、玄関ホールとパトリックの寝てる部屋だけだが、トイレとシャワー室に廊下の掃除、洗濯、食糧の買い出しが出来ない。

カナーン家の紹介で人を雇ったが、それは領地で働いている。

「メイドが欲しいなぁ」パトリックは呟く。

軍でいちばん仲が良いのは、ウェインであるが、ウェインは入り婿が決定している。サイモン中将のところに。

そのサイモン中将に、

「メイドを雇いたいのですが、どこか良い所知りませんか？」

と、聞いてみた。

「メイドは、だいたいうちの派閥の貴族の四女や五女が来るからなぁ、斡旋所《あっせんじょ》はあるが、貴族の屋敷で働くには、知識も教養も足りない人しか居ないらしいぞ?」と、かえされた。

メイドに知識や教養が必要なのを、初めて知った。

食堂に向かうため兵舎を歩いていると、カナーン男爵当主、トローラ伯父が歩いていた。

「トローラ伯父様!」と、声をかける。

「おお! パトリック! 兵舎で会うのは初めてだな。普段は王城に詰めているから、兵舎にはなかなか用事が無くてな! ガッハッハ!」

豪快に笑う伯父に、

「メイドのアテ、ありませんか? 実は家を買ったのですが、掃除等が面倒で」

と、相談してみる。

「ふむ、家を買ったのか! どこだ?」

「旧ハーター子爵邸です」

「一人暮らしにはデカすぎるが、伯爵家ならば、相応だな。何人欲しい?」

「とりあえず私とペットしか住んでないので、1人で充分です」

と言うと、

「ふむ、知り合いに当たってみよう」

と言ってくれたので、ありがとうございますと頭を下げたら、

「伯爵が簡単に頭を下げるもんではないぞ！　もう少し偉そうにしておけ」

と、笑いながら去っていった。

後日、伯父から連絡があり、1人の女性を紹介される。

特に問題なさそうなので、採用とした。

「よろしくね」と言うと、

「こちらこそよろしくお願い致します、ご主人様」と言われた。

ご主人様！　なんと良い響き。

この女性は狼の獣人で、名をパミラという。少しぽっちゃり気味だが、健康そうな感じで、嫌味な感じは全く無い。

今年30歳で、元々とある家のメイドだったのだが、お家取り潰しとなり職を失い、伝手をたよって近衛騎士団の食堂で働いていたのだとか。

雑用で、給金も安いが他に勤め先が無く、今回の話に乗り気になったらしい。

俺が関係して取り潰しになった家じゃないといいなぁ。

最近、俺が関係した以外で、取り潰しになった家って、あったっけ？

まあいいや。

一室をパミラ用とし、住み込みで働いてもらうことにした。

玄関開けて、ぴーちゃん見て、腰抜かしてお漏らししてたけど、大丈夫だよね??

〰〰〰

王は悩んでいた。愛娘《まなむすめ》の事で。まだ12歳、もうすぐ13歳だが。

貴族ならば、婚約してもおかしくない年齢である。

貴族は、だいたい12歳ごろから、婚約しだす者が出てくるが、王族はそれよりも遅い。

なぜなら、王族との婚姻は、貴族間の勢力バランスを変えるためだ。

ある派閥にのみ婚姻が多いと、他の派閥が不満を持つ。バランスが必要なのだ。

それに、ある程度順番というものもある。

王太子の婚約は決まったが、第2王子や、第3王子、第1王女、第2王女がまだなのに、第3王女が先に婚約は、少しマズイ。

王には、3人の妻が居る。王太子と第3王女は正室の子、第2王子と第2王女は側室の第2夫人の子、残りは第3夫人の子だ。

正室の子だけが婚約となれば、側室の実家が煩《うるさ》くなるだろう。

だが、本人が気に入ったのなら、望む結婚をさせてやりたい。相手のパトリック・フォン・スネ

ークスには、不満はあまり無い。王家に忠誠を誓っており、行動も素晴らしい。領地に至っては、新たな酒を売り出し、かなり潤っているらしい。

ああ、あの酒美味い！　ブランデーとか言ったか。アレに氷を入れて、チビチビ飲むのが最近のお気に入りだ。

ウイスキーとやらも、なかなか美味い。アレは水割りで、ゴクゴク飲むのが良い。ああ、考えがズレた。

スネークスなら、無駄遣いはしなさそうだし、あの領地は安泰だろう。

旧ハーター領も、新たな作物を育てていると聞く。

不安は、軍務が過酷な部隊という事ぐらいか。

だがそれは、武家の貴族なら、どこの家も一緒である。

宮廷貴族（領地を持たず、王都で暮らし、王城で働く貴族家の事）なら、戦地に行くことは稀だが、宮廷貴族は、ブタが多いので、あまり好きでは無い。

また、ブタに娘をやるとか、死んでも嫌だ。

一応、パトリック・フォン・スネークスの人柄などを丁寧に説明したが、

「なんて可哀想な方。私が癒してあげる！」とか、言い出した。

マジでどうしよう。

とりあえずこれを機に、他の子達の婚約の話を相談してみるか。

王室調査部の責任者、ケセロースキー男爵は、ソーナリス第３王女からの依頼により、とある家を調査していた。いや、１人の男と言うべきだろう。

部下からの報告を聞き、書類に纏《まと》める。

「改めて読むとえげつないな……」

思わず呟いたら、

「父上、何がえげつないんです？」

同じく調査部に所属する息子が聞いてくる。

「いや、スネークス伯爵の調査をソーナリス殿下から依頼されてな、部下からの報告を纏めて読んでいたのだが、もうすぐ18歳の若者とは思えんほどの働きぶりだ」

「ああ、この間伯爵になったスネークス家ですか。噂はアレコレ聞きますねぇ。親殺しや、守銭奴とかサディストなんてのもあったなぁ」

「その噂はまあ本当だな、実の父親をウエスティンの反乱の時に殺しているし、領地で造った酒を高値で売っているし、部下に厳しい訓練を笑いながら課すらしいからな。他には、巨大な蛇を飼育しているとか、王都の娼館の帝王とかな」

「娼館の帝王ってなんです？」息子の問いに、

「貴族の御用達の娼館があるだろ？」

「ああ、有りますね。貴族しか入れない娼館が」

「あそこにけっこう行くらしいのだが、あの娼館の女ども、スネークス伯爵が来たら、女の方がスネークス伯爵に金出すから抱いてくれと頼みに来るらしいぞ」

「え？　女が金を払うの？」

「ああ、最初は普通にスネークス伯爵が払っていたが、相手をした女達を次々と虜《とりこ》にして、今ではあの娼館の女のほぼ全員が、陶酔しているらしい」

「なんとも羨ましいことで」

「これ、殿下に伝えるのは止《や》めておいた方が良いな」

「さすがにそれはね」

◆◇◆◇

「ソーナリス殿下、ご報告に上がりました」

ケセロースキーが頭をさげる。

「あら、ケセロースキー男爵、もう終わりましたの？　では早速聞きましょうか」

ソファに座っていたソーナリスが、席を勧めてケセロースキーがテーブルを隔てて座る。

「では先ず、ご依頼の件から……」

そう言って話し出すケセロースキー男爵。

「まあ、蛇を？」

「そう、ファッションには無頓着なのね」

「食べ物に好き嫌いは無いと」

「小柄な女性がタイプ？　よし！」

「特定の女の影は無いのね⁇　もし居たらすぐに報告してよ！　どんな手を使ってでも排除してやるんだから！」

これは、ソーナリスが報告を聞いて聞き返した言葉の一部である。

ケセロースキー男爵はかなりドン引きしていた。

〰〰〰〰〰〰〰〰〰〰〰〰〰〰〰〰

家紋。

それは、家を表す紋章。

王家は、鷲《わし》をモチーフにしているし、武家貴族は剣や槍が多いが、王家のように強い動物の家もある。

領地の特産品が家紋の家もある。代表的なのは麦の穂だ。

旧リグスビー家も、麦の穂をイメージした家紋であった。

ただし、強いからと言って、魔物を家紋にするのは、タブーである。

いくら強いからと言って、竜を家紋にするわけにはいかないのだ。

これはメンタル王国の決まりであり、他国には、竜を家紋にする家も多い。

東の森が在るため王家にとって、竜は討伐すべき対象であるからして、討伐すべき対象を家紋にするわけにはいかないのだ。


さて話を戻す。

パトリックは、この家紋の申請を忘れていた。

では、執務の時はどうしていたのか?

家紋の押印が必要な書類は、王家に提出する書類に限られる。

他はサインだけで良い。まあ、貴族間の金の貸し借りの時は印を書類に押すが。

王家に提出する書類とは、だいたい税関係である。パトリックは、まだ税を払っていない。初年度は、免税されていたからだ。また他の貴族に正式な書簡を送る時に、封蝋《ふうろう》する場合も、家紋のコテを使うが、パトリックは他家に送る書類など無かった。

初年度の利益で、これからの領地経営の予定を立てる。

最初は金が掛かるのが想定されるので、免除だが、来年からは、キッチリ払わなければならない。

まあ、税のほうは、酒の利益があるので、問題無さそうではあるが。

ちなみに領地の税は、土地の面積にかかる税と、利益にかかる税が、王家に納める税になる。領民は、土地と、利益の税と人頭税が領主に納める税である。あと、外から来た人が街に入るさいに入街税がある。すなわち、広大な土地が有っても人が少ないと、王家に納める金の分を領民から得られない事になるのだ。この国では税率が国によって上限が決められているので。


さて、王が決めたという家紋の印が、王家から届いた。

短剣に2匹の蛇が絡み付いていた。

「まあ、スネークスだしなぁ」しっかり複数形だった。

この印、実は魔道具であり、けっこう高価である。

人が持つ魔力により、印が押される。絶対消えないインクみたいなものである。偽造防止の為であり、他のインクだと、水や油を垂らすと、滲んだりするが、魔力のインクは滲まない。

それに合わせて、王家より王家とスネークス家の家紋入りの短剣も届いた。

貴族当主の証である。

最近のパトリックは、月の半分は8軍、残りは領地という生活をしている。

だいたいの領地当主の軍人は、この勤務システムである。

伯爵になってしまったパトリックは、けっこう忙しい。

決裁の書類に目を通してサインする。不可なら、不可の印を押す。

また、領地を視察したり、酒蔵にあるウイスキーやブランデーの熟成具合の確認、新たに仕込んだ日本酒、現地名はイネッシュ（梅酒に似た名前があったなぁと、名付けた）とした、酒の確認。

旧ハーター領で、新たに芋の栽培も推奨しだした。サツマイモである。

この男、イモ焼酎も造る気だ。


王都に戻れば、8軍の訓練と、自身の訓練、たまに1～3軍の訓練にも駆り出される。

先日など、王宮近衛騎士団すら、パトリックの訓練の洗礼を受けた。

トローラ伯父からも、死神と呼ばれて少し落ち込んだ。

そうそう、8軍名物、ランニングだが、グレードアップした。

今までは軍服でランニングだったが、今は第1装備、つまり戦争装備でのランニングになった。

パトリックは、不可侵条約が切れた時、帝国は即宣戦布告すると思っている。

それを見越しての訓練だ。

鎧を着け、武器を装備すると、重いわ走りにくいわで、かなり辛い。

まあ、部下からの非難の目が、声が、少しウザかったが無視した。

まあ、ウイスキーを振る舞ったら、ころっと態度が変わったのだが、それは置いておこう。

そして、王都のパトリックの屋敷に、度々おとずれる女性が出現した。

まあ、王に言われたときは、さすがに、

「マジで!?」

と、王に言ってしまい、慌てて土下座して謝罪したのだが。

パトリック、もうすぐ18歳、軍に入って約3年。伯爵や中佐よりも驚く事になった。

パトリック婚約。

相手は言わずとも、読者であれば判るだろう。

少し時間を遡る。

時は、パトリックが王に対して、「マジで？」と言ってしまい、土下座した1時間後。

王城の一室で、パトリックとある女性が紅茶を飲んでいた。

「改めまして、パトリック・フォン・スネークスです」と名乗ると、

「ソーナリス・メンタルです」と、小さな頭を下げるソーナリス。今日もかなりヒラヒラした服装である。

自己紹介もそこそこに、

「で、何故私なんです？　お世辞にも男前では無いし、身長も175センチほどしかない（成長した）、家柄も謀反に参加するような家の三男からのし上がった新参者です。しかもその親兄弟を殺した、いわば残虐な男です。おまけに存在感すらない」


パトリックは、素直に聞いてみた。

「私は、先の反乱後の式典で、初めてパトリック様をお見かけしました。端の方のテーブルで、お1人で食事をなさっていました。あのような大人数での式典なのにもかかわらず、お1人というのは、私には大変目立ちました」


ここでパトリックは思う。

あの時、戦闘中では無いので、それほど存在感を消していたわけでは無い。

だが、普段よりは消していたはずである。なにせ人付き合いは苦手なほうなので、極力見つからないようにはしていた。

なのに、見つけた？

「それまで寂しそうなお顔でしたが、近衛のカナーン達が声をかけてから、少年の様な笑顔をされて……」

確かに笑っていただろう。

パトリックが心を許す、唯一の家がカナーン家だ。

「後は、先日中庭で、私がわざとぶつかったのに、貴方は自分の非を先に謝罪されました。王女とは分からない服装をしていた、小娘に対してです。手を取ってもらった時、心臓が高鳴って倒れそうでした！」

と、ニコニコ笑う。

あの時もワザとぶつかってきた？　確かに王女殿下どころか貴族にも見えない服装ではあったが、生地の良さで、大店の娘かなとは思った。

パトリックとしては、確実に腕輪を見ていたため、余所見していたのは、間違いなく、素直に謝ったただけなのだが。

恋は盲目とは、この事か。

パトリックは、

「私の事は陛下からお聞きとは思いますが、かなり捻くれた人格であると思います。それでもよろしいので？」

と、聞いてみた。すると、

「どこにでもいる様な方など、面白味が御座いません。私は自分の直感を信じます！」

と、宣言されてしまう。その目を見て、パトリックは、まあいいかと思った。途中で嫌われたなら、婚約解消すれば良い事だと。

「では、よろしくお願い致します」

パトリックが頭を下げると、

「はい！　私こそ変わり者の王女ですが、よろしくお願い致します！」

と、頭を下げた。


ん？　変わり者!?


さて、婚約が内定したパトリックは、とある問題に直面することになる。

領地のほうは、上手く回っているが、問題は王都である。

さらに言えば、屋敷である。

現在、王都の屋敷に居るのは、パトリックとメイド1人と蛇のぴーちゃんである。

それは客が来ないからこそ成り立つ。貴族の屋敷に門番すら居ないのだ。

貴族として、これはマズイ。

パトリックはアレコレ思案するが、解決策が思い浮かばない。

カナーン家には、既にかなり人手を手配してもらっているので、そろそろ限界であろう。

他に伝手がないパトリック。

ここで1つ思い出した！


「ディクソン侯爵を頼ろう」

以前の約束を覚えていてくれれば良いが。

早速、ディクソン侯爵が王都に持つ屋敷へ、メイドを走らせる。手紙を持たせて。

数日後、ディクソン侯爵家から手紙が届く。

「やった。覚えていてくれた」手紙を読んだパトリックから、声が漏れた。

手紙には、屋敷に来るように書かれていた。

どうやらディクソン侯爵本人が、現在王都に滞在中のようだ。

先触れとして、メイドを走らせ、この日の午後、パトリックはディクソン侯爵邸に向かった。

供すら無く1人で歩くパトリック。ここからして貴族らしくない。

ところで最近パトリックは、人に認識してもらえるように努力している。

普通に暮らすのに、認識されないのは不便なのだ。

店の前に立って商品を手に取ると、店員さんが、商品が浮いてると驚くのだ。

なので、基本的にはやる気を前面に押し出す感じで、存在感をアピールしてみることにしたのだ。

決してヤる気でも、殺《や》る気でも無く、やる気である。

すると、ボンヤリだが認識してもらえるのだ。

逆に存在感を消す訓練もしている。前にも増して消せるようになった。

消したときは、認識された事はない。


話は戻る。

門番に用向きを伝え、中に通される。まあ、1人で来たパトリックを不審に思った門番と一悶《ひともん》着《ちゃく》あったのだが。玄関では、ケビン君が迎えてくれた。

「伯爵様、お久しぶりです」

と、キラキラした目でパトリックを見るケビン君。「お元気そうでなによりです」と答え、応接間に案内される。

既に当主本人が待っていてくれた。

「お久しぶりです。今回は無理を言って申し訳御座いません」

と、パトリックは頭を下げる。

「いやいや、約束ですからな。それにこちらにとっても悪い話ではない」

と、ソファを勧めながらディクソン侯爵が言う。

「失礼します」

と言い、ソファに座ったパトリック。

「うちぐらいになると、屋敷に勤める者達も多い。その息子や縁者に、勤め先を紹介するのも一苦労なのだ。使用人として迎えるのも限界があるのでなぁ。で、どの位雇える？」

貴族に勤め先の無心をする者は多い。

無関係な者なら即断るが、使用人の縁者、それも重要な者の頼みとなると、断り辛い。

派閥の男爵や子爵の使用人として、紹介したりするが、それでも数が少ないので、全てを斡旋できるわけではない。

なおサイモン中将は家の事に関心がない為、この辺の事情を知らない。

「とりあえず、王都の屋敷の執事、メイド、門番、料理人、馬車の御者、厩務員《きゅうむいん》、庭係、供と言うか付き人、屋敷の警備、この辺でしょうか。なにせ今は、メイド1人しかいませんので」

と、パトリックは正直に話す。

「となれば、執事と補佐で2人、メイド5人ぐらい、門番は……」

と、ブツブツ言いながら、考える侯爵。

「とりあえず20人は必要か」

と、結論を出す。

そんなに必要なのかと、パトリックは驚くが、顔には出さない。

「人種はこだわるかね？」

「いえ、こだわりは無いです」

「ふむ、ならば何とかなる。よろしい。これで借りが返せる！　いや、借りよりも君と更に繋がりが増えるのは、我が家にとっても喜ばしい！」

にこやかに笑った侯爵。

その日、夕飯を誘われて、侯爵や奥方にケビン君、そして初顔合わせとなった側室2人と長男、次男、長女と親交を深めたパトリック。

今回、勢揃いで王都に居た理由が、王太子との結婚式の参加であったことを聞き、慌てて起立して、お祝いの言葉を述べ、後日お祝いの品を贈ると約束して、屋敷を辞した。


ここで王国の結婚の説明を。

妻の数は、最大5人と決められているが、それは特例としてである。

基本は3人までで、王の妻が3人なのもこの為だ。

特例とは何か？

跡継ぎとなる男子が生まれない場合である。

3人妻《めと》を娶って7年の間、男子が生まれないようなら、特例申請をして許可されれば、更に2人認められる。

そんなの離婚して新しく貰えば良いと思った、そこの貴方！

貴族間での付き合いを舐めちゃいけない。

離婚即ち敵対行動である。貴族は易々と離婚出来ないのである。


何贈ればいいの？

と、1人考えながら帰ったパトリックだった。

さて、人の目処はたった。次は物だ。とりあえず馬車が必要である。パトリックは、馬車が必要な時は、軍からレンタルしていたのだ。

早速発注する事にし、馬車と言えば馬も必要である。

馬が居るなら、厩舎も必要だ。

どんどんお金が飛んでいく。

元子爵邸なので、一応厩舎も有ったのだが、借金子爵だった為、老朽化した厩舎を直す費用は無かったらしく、かなりボロいので、取り壊して新築する。

次に屋敷を改築。

屋敷の方は、特に問題無かったのだが、いくつか不満があった。

まず1つは、ぴーちゃん用の部屋が必要だ。基本的に玄関ホールに居るぴーちゃんだが、やはり

個室を与えたい。水浴び用の大きな桶も置いてやりたいし、そうそう桶と言えば、

「広い風呂に浸かりたい」

前世の記憶が、ここでワガママを言った。

この世界、風呂桶というものが無かったのだ。

平民は、濡れタオルで体を拭くだけ。または川で水浴び。貴族や軍隊でようやくシャワー程度。

シャワーも、浴室まがいの部屋の天井に、穴の空いた桶のような物が有り、そこからお湯が落ちてくる感じだ。

これでも魔道具で、水を溜めると、自動で冷水が温水になり、コックを操作する事で、水を出したり止めたりする物なのだが、パトリックには不満であった。

魔道具職人を屋敷に呼ぶ。いわゆるドワーフで物作りが得意な種族である。

「で、ここをこういう風に、石で桶のデカイのを作って、お湯を溜めて浸かるように、こっちには、上からお湯が落ちるやつ、で、こっちに体を洗う専用の場所を！」

パトリックの説明に、ドワーフの男が、

「お湯の中に浸かるのか？　その発想は無かった」

と、何やら考え出した。

「これ、特許取ってる？」と聞かれ、

「特許？　そんなのあるの？」と、聞き返す。

この世界にはいわゆる神が存在する。会ったことはないが。

で、知識の神が存在するらしい。ついでに商業ギルドも。どうやらお酒の販売も、商業ギルドを通しているようで、マージンを取られているようだ。まあ仕方ない。ただし、発案者の作った物を、発案者が直売する分には問題ないとの事。

神殿にて知識の神に祈り、相応の金貨を納めると特許を与えてくれるらしい。

特許のシステムは、地球と同じである。

良い事を聞いたと、パトリックはすぐに教会に赴く。

で、酒の造り方から蒸留器やなにやら、風呂の件、ついでにチェスまで申請する。

金貨20枚取られた。

が、また儲かる商品が増えた。チェスは王都で瞬く間に流行《はや》った。

元々、リバーシやトランプ、井戸の手押しポンプもこの世界に有った。

ただ、戦争の様な戦いのゲームは無かったのだ。木工職人を雇って、ガンガン作らせた。

貴族用に、高級な石製の物も作ったし、もちろん王家にも献上した。

そして、お祝いとして、ディクソン侯爵家にも送った。遊び方の説明書を付けて。

2つめは寝室。

窓が大きくて、朝日が眩《まぶ》しい。

窓を60センチ四方の小さな物に交換し、外側に雨戸代わりの木戸も取り付け、完全な暗闇に出来るようにして貰った。

明るいと落ち着かない男、パトリック。


スネークス伯爵領は、好景気である。

元々反乱で大不況だったのだが、パトリックが領主になってから、V字回復である。

主に従来の酒と、ウイスキーとブランデー、新たな作物である稲から作るイネッシュと、それから木製のチェスなどなど。

そして景気が良い所には人が集まる。買い付けに商人が来るので宿屋が潤い、商人が店を構え、店で働く人が集まり、人が増えると家を建てに大工が来る。

酒の有る所、ドワーフ有り。ドワーフは、スネークス領軍の装備を作る。

そうスネークス領軍、旧リグスビー領軍の生き残りと、ハーター子爵領軍の生き残りに、新たに募集した新兵と、カナーン領軍から移籍した兵達。

その数500。

パトリックはこれを鍛えた！　8軍と同じ内容で！

1年後、スネークス領軍の一部は、地方領主の軍の中では、飛び抜けて優秀な軍となった。まあ、かなりの数は落ちこぼれて巡回任務専属になったりしたのだが。

緑色の制服、左胸のポケットには、蛇の刺繍《ししゅう》。

革鎧にももちろん蛇柄の焼印が有り、毒蛇隊と怖《おそ》れられる事となる。


パトリックは領内に数ヶ所、寺子屋を作った。この世界の識字率の悪さを少しでも改善したかったのだ。領内が豊かになるのは良いのだが、豊かになれば悪い者も出てくる。

人を騙《だま》して儲けようとする奴らだ。

多いのは計算の出来ない相手に、お釣りを誤魔化すやり方。

なので文字の読み書きと、簡単な計算を教えたのだ、無料でしかも昼飯付き。

裕福でない農家にとって、一食でも、出してくれるなら、通わせようと思えるようにしたのだ。

たいした食事では無い。パンとスープだ。それでも貧しい農家には、飛びつく条件である。

働き手は減るが、子供を飢えさせるより、よっぽど良い。

寺子屋事業はパトリックの持ち出しで、完全なる赤字事業だが、パトリックは数年後を見ていた。


私の名はパミラ。狼の獣人です。

今はスネークス伯爵様の館《やかた》でメイドをしています。

ここに拾われる前は、軍の兵舎の食堂で働いていました。
あそこは最悪です。まず臭い、汗臭い！
兵士の方が訓練終わりに、体も拭かないで来るもんだから、汗臭くてたまらない。
あと、私に色目使ってくる人が多過ぎ！
私だっていい年ですし、多少行き遅れ感有ります、けど誰でも良い訳ではありません！
ていうか前の職場では、良い人が居たんです！
前の職場は、カーリー男爵様の館でした。
そこでメイドをしておりました。
そこの門番の狼獣人の男と良い仲で、結婚しようと話しあっていたのです。
ですが、御館様の反乱で、お家取り潰し、使用人は全てクビ。
恋人も失業して、今は日銭を稼ぐ為に冒険者をしています。
金の無い男に用は有りません。すぐ別れました！
まあ、過去のことはいいです。これからの事です。
今日、今のご主人であるスネークス伯爵様の館に、新たに使用人が来るのです。
その数20人！
この中で、いい男をゲットします！
さて、扉を開けて皆さんの反応が楽しみです。

私は漏らしてしまいましたが。

あんなの居ると思わないじゃないですか！　何ですかあの蛇！　デカイ、デカ過ぎです！　しかも毒蛇でしょうあれ！

今は慣れましたけど、あの洗礼に耐えれる人がいいですね！

さて来ました、20人中男性15人ですか、そうですか！　お！　良い狼発見！　なかなかの筋肉です。男は筋肉です！　頭の中なんか、自分に都合の良いように脳内改竄《かいざん》しておけば良いのです！

筋肉最高！

さて、扉を開けますよ！


漏らさなかったのは2人でした。

筋肉狼も、漏らしました。

まあ、そうよね。漏らすわよね。

脱糞《だっぷん》しなかっただけマシよね！

脱糞した御者さん、立ち直れるかしら？

てか、漏らさなかった、ドワーフの厩務員と、エルフの執事がオカシイのよ！

お漏らしトークで仲良くなれないかな？

〜〜〜〜〜〜〜〜〜〜〜〜〜〜〜〜〜〜〜〜〜〜〜〜〜〜〜

別の次元

とある高貴な雰囲気漂う空間。そこに1人の男が居た。

いや、1人と言うのは、不敬だろう。

1柱と呼ぶべきだ。

そこには、水晶のような物があり、それを覗《のぞ》いてニヤニヤ笑う。

そこに、

「何をご覧なのです?」女性の声だ。

「いや、少し前にアルファ世界から、ベータ世界に魂を移動させただろ? 確か18年ほど前」

「ああ、確か記憶の処理をミスったとかおっしゃっていた?」

「そう、それそれ。その子がね、偶然記憶を取り戻してね。今、死神と言われて実に面白いんだよ。いや、記憶の処理をミスったときは、失敗したと思ってたんだけど、上手く戻って良かったよ。早速酒造ったりして、文化の発展に貢献してくれてるよ」

「確か前回の魂は、リバーシとトランプでしたっけ? その前は、手押しポンプでしたね。アルファは、文化的発展は素晴らしいですね。それに比べてベータは、なかなか進まないし」

「それを解消するための魂の移動だからね。ベータは、そのかわり大量破壊兵器を禁止してるからねぇ。魔法も広範囲な殲滅魔法は使えないようにしてるし。しかし人間は、どの世界でも戦争するねぇ。創造神様の設定ミスじゃないかなぁ～」

「そんな事言って、創造神様に聞かれたら、腕引き千切られますよ？」

「おお、怖い怖い。まあ、話は戻るけど、ベータに送った魂だけど、面白いから、ちょっと加護を降ろしてみたよ。まあ、ほんのちょっと能力を底上げして、持ってるアクセサリーに付加価値つけただけだけどね」

「やり過ぎはダメですよ？　バランスが崩れるので」

「大丈夫。ほんのちょっとだから」

「それならよろしいのです。冥界神様」


〜〜〜〜〜〜〜〜〜〜〜〜


パトリックは、新たな使用人達を迎えた。

玄関ホールで、２人を除き、ちょっと問題が発生したが、うちの大浴場で問題解決した。

ちゃんと着替えも持ってきていたし。

執事の男は、なんとエルフだ。身長１９０センチはあろうか、青い頭髪に緑の眼を持つイケメンの若い男だ。長い頭髪をオールバックにして、首の後ろで一括《ひとくく》りにしている。エルフなので見た目よりは年を重ねているだろう。

名をアストライア。セバスチャンじゃなくて残念だ。

他にもドワーフや獣人も数人、これで貴族の屋敷としての面目を果たせるかな。

ところで、アストライアに、

「お館様は、魔物使いなのですね」

と、言われた。魔物使いって何？

聞くと、魔物を使役する事ができる人族の事を言うらしい。魔物使い、又はテイマーと呼ばれるらしい。

エルフやドワーフ、獣人にはテイマーは居ない。

人族のみがテイマーになれるらしい。

だいたいペットを飼うということを、他の種族はしないようだ。

ただ、ペットを飼うのとテイマーとは違うらしい。

テイマーとは、魔物と魔力による繋がりが有り、意思疎通が出来る人の事を言うらしい。

うん、なんとなく出来てる気がする。しかし他にテイマーってのを見ないなぁ？

聞くと、大変珍しいらしい。しかも普通は哺乳類型魔物を使役しているらしく、爬虫類型魔物を使役している話は聞いた事が無いようだ。

ちょっとレア感があって嬉しい。

それと、屋敷の警備担当の実力を見てみた。

話にならなかったので、スネークス領軍の所に訓練に行かせた。

代わりにスネークス領軍を数人来させた。

警備担当と入れ替わりで、王都に来た領軍の奴らは、都会に喜んで来たが、やはり玄関で漏らした。

数ヶ月後には、警備担当が戻ってくるので、それまではせいぜいコキ使おう。

馬も4頭購入した。

馬車用、護衛の騎乗用である。

馬車も完成。

ただ、乗り心地があまり良くない。

一応、板バネ式のサスペンションがついていたが、あんなのトラックの荷台と同じである。

ここは独立式コイルスプリングのサスペンションが必要だと、早速教会で知識神さまにお祈りし、金貨2枚取られる。

鍛冶屋に即注文！

乗り心地は、かなり良くなった。ただ、ショックアブソーバーは作れなかった……。

あと、陛下より頂いた腕輪、アレ、魔道具だったみたい。真っ暗なはずなのに、景色が見えたんだよ。

見えたと言うのも変か。

前世の知識でいうなら、サーモグラフィー？

温度で見るやつ！　あんな感じ。（蛇は視覚と嗅覚以外に、温度で物を見るピット器官というのを持っています）

知ってた？　木や石によって温度が違うから、景色がはっきり分かるんだよ。

これがあれば夜中の森も怖くない。

陛下、良い物をありがとうございます。

え？　その話は無いのか？　って？　よし、説明しよう！

うん、任務だったんだよ。

あれはそう……

◆◇◆◇

　ある日、パトリックは、陛下に私室に呼ばれた。

　そこにはもう1人、銀髪で茶色の眼をした男がいる。

「パトリックは会ったことないな、こいつは調査部のカイルだ。カイル、パトリックは知ってるな？」

　最近、まあ、ソーナリスと婚約してから、王はスネークスと呼ぶのを止め、パトリックと呼ぶようになっていた。

「はい、王国の貴族で知らぬ者は居ないでしょう。初めまして、スネークス伯爵。カイル・ケセロースキーと申します」

　カイルと呼ばれた男が、心の中で、(娼館の帝王には見えないなぁ。人は見かけによらないってこの事だな) などと思いながらパトリックに頭を下げる。

　パトリックと同じくらいの背丈だ。

　年は25歳くらいか？　中肉中背この世界で一番見かける風貌である。

「初めまして、パトリック・フォン・スネークスです。よろしく」

　と、名乗る。

　家名があるということは、貴族であるはず。

「ケセロースキー男爵家は、代々調査部でな。領地を持たない宮廷貴族で、主に宮廷貴族の不正を調査しておる。宮廷貴族は王国の権力に近いのでな。表向きは税務官だ」

なるほど、日本の公安みたいな感じか。

「分かりました陛下。で、話とは？」

「それがだな、カイルの調査で、とある貴族家が不正をしている可能性が高いと判った。だが証拠が無いのだ。カイル、説明を」

「はい、陛下。スネークス伯爵……」

「あ、どうぞパトリックと、私の方が新参者で年下ですので」

「伯爵閣下に対して気が引けますがわかりました。では私の事もカイルと。ではパトリック殿、王国の農耕省はわかりますか？」

農耕省は、王国内の農地の広さや、収穫される作物の種類や量を調査し、特定の作物が不足しないように、輸出入を調整する部門である。

王国の食糧供給には、重要な部門である。

「はい、食糧は重要ですから」

と、頷いておく。

「そこのトップがどうやら地方領地の収穫量を、不正に低く報告しているようで、その差額の一部を、賄賂《わいろ》として受け取っているようなのです」

つまりその地方の領主とグルな訳ね。

「徴税官にも小遣いを渡し、隠蔽しているようなのです。宮廷貴族は、決まった金額を国から支給されるので、だいたいの収入は分かるのですが、副業もしていないのに、最近急に金使いが荒くなり明らかにおかしいので、調査しておりました」

つまり俺みたいに酒等を販売したりとかしてないわけね。

「しかし、証拠が無いと？」と聞くと頷いて、

「はい。屋敷を家宅捜索するとしても、家に証拠を置いているとも限らず、尾行しても出入りする家や、愛人なども見つけられず、陛下に相談したのです」

ここで王が、

「でだ！　パトリック。お前の能力を活かして、調査してみてくれんか？　お前なら、こっそり家に忍び込めたりせんか？」

なるほど！　合点がいった。要はこっそり家探しして来いって事な。

「やってみましょう」

カイルから、詳しい話を聞き、翌日の夕方には、パトリックは行動を開始した。

王都のとある貴族屋敷に向かう。

屋敷の門から少し離れた所で、張り込み開始だ。

日が落ちてから、人の出入りも無い。

パトリックは、覚悟を決めて歩き出す。

「サイレント」

パトリックが呟く。

別に魔法では無い。パトリックは魔法など使えないので。

自分に暗示をかけているのだ、これから隠密モードだぞ！　と。

逆にやる気を出す時は、「アクティブ」と呟いていたりする。

屋敷の壁をよじ登り、庭に降り立つと、屋敷に駆け寄る。

窓から中を覗く。もちろん明かりのついて無い窓だが、全て鍵がかかっていた。

どうするか悩んでいると、門の方で声がした。

「おう、婆《ばあ》さん、またマッサージか？　いつもご苦労さん。一応聞いて来るから待ってな」

門番の男が、老婆に声をかけ、玄関に向かう。

チャンスだ。パトリックは玄関の脇に控える。門番は扉を開けて中に入る。

門番の男のすぐ後ろに張り付いたパトリックも続いて入れた。

奥の部屋に向かった門番がすぐに出てくる。

玄関を開けて、老婆を呼び込む。

「旦那様は、いつもの部屋だ。いつものように1人で行って良いってよ。じゃあ、俺は仕事にもどるからよ」

そう言って門番は、門の方に戻っていく。

パトリックは、どうやらこの老婆について行くとこの屋敷の主人に辿《たど》り着けそうだと、少し喜んだ。捜す手間が省けたと。

しかし、この後、拷問にも似た体験をするとは思わなかった。

老婆の後ろを歩くパトリック。

大きな扉をノックする老婆。

「入ってくれ」

中から声がした。

ガチャリと扉を開けると、中から50歳くらいの男が飛びかかるように、老婆に抱きついた。

えっ？　と思うパトリック。

「ああ、待ってたよレイチェル！」

レイチェルとは、この老婆の名前か？

「坊ちゃん、中に入ってからの約束でしょう？　誰かに見られては事です。早く入りましょう」

そう言って抱きつかれたままの老婆が、部屋の中に入る。扉が閉まる前に、慌ててパトリックも入る。

そこで衝撃の光景を見ることになる。

「レイチェル！　ああ！　レイチェル！」

と言いながら、良い歳をしたおっさんが、老婆の唇を貪っていた。

はっ!?　これは何の冗談だ？

声に出さなかった自分を褒めたいパトリック。

その後、おっさんと老婆の情事を延々と見せられ、精神的にＫＯ寸前のパトリック。

黒い頭髪が、一瞬真っ白になった錯覚を抱いた。

老婆に腕枕して貰って、甘えるおっさんに軽い殺意を覚えるが、必死に抑えるパトリック。

「レイチェル、今日も帰る時に書類を持って帰ってね。いつもの所に隠しておいて」

「はいはい坊ちゃん。このオババに任せておいて。しかし貴方は子供の頃から変わらないわねぇ。甘えん坊な所は一つも変わってないんだから」

「だってレイチェルは、初恋の人だから！」

「貴方が生まれた時、私は15歳、あれから50年。貴方と初めて寝た日、貴方は13、私は28。ずっと愛してくれて、私は幸せだわ」

「お互い初めてだったもんなぁ。嬉しかったなあ」

つまり何か？　自分付きの侍女に手を付けて、ずっとその関係を続けてる訳か？

どうでも良いか。それより持ち帰る書類が気になる。老婆を尾行するべきだな。

パトリックは、この後の行動を決めた。

老婆の後ろを歩き、屋敷を出る。

老婆の持つ蠟燭《ロウソク》式の提灯《ちょうちん》が小道を照らし、ゆっくり歩く老婆の背中を見ながら、先程の悪夢のような光景を必死に頭から追い出そうとするパトリック。

やがて、一軒の家に到着する。小さく簡素な家だが、王都に家があるだけ恵まれている。

老婆は鍵を出して扉を開け、家の中に入る。パトリックも続く。

老婆は、炊事場の奥にある釜の中に、懐から出した書類を入れた。

その後、簡単な食事をしてから寝床に入ったと思うと、ロウソクを消して大きなイビキをかきながら寝た。

パトリックは、ロウソクが消えて真っ暗な家の中で、驚いていた。

明かり1つないのに、家の中が見えるのだ。

前世の記憶のあるパトリックには、この見え方に心当たりがある。

(温度センサー？　いや、サーモグラフィーか？)

昔テレビで観《み》たような映像を、自分が見ている。

(この腕輪か？　魔道具だったのか！)

実際はただの腕輪だったのだが、どこかの神様の仕業であろう。

パトリックは簡単に釜に近づき、書類を手に取る。文字まで読めた。

（やはり裏帳簿か、証拠はこれで良いな。任務完了だ）

翌日、パトリックはカイルと連絡を取り、書類を渡す。

「パトリック殿！　助かりました。これで充分立件できます！」

「ちょっと精神的に疲れたので、私は帰ります。書類を隠してた老婆の住所は、こちらの紙に記しておきましたので、使うならどうぞ」

別の紙をカイルに手渡し、フラフラと足元がおぼつかない感じで帰るパトリックを見て、そんなに大変だったのかと思ったカイルは、

「有り難うございました!!」

と、深々と頭を下げたのであった。

パトリックは悪夢を頭から、いまだに追い出せていなかった。

◆◇◆◇

今日も王城に向かっている。呼び出されたからだ。

先ずは陛下にご挨拶。

「陛下、ご機嫌麗しく……で、御用とは？」

「パトリックよ、カイルの件、上手くいったようだな」

「はい、カイル殿にも、これで立件できると喜んで貰えました」

「うむ、今はカイル達が動き回っておる。そのうち結果がわかるだろう。で今日呼んだのはだな、娘のソナの事でな」

　ソナとはソーナリス殿下の愛称である。

「ソーナリス殿下がどうかなさいましたか？」

「いやな、婚約したのに会えてないと文句言われてだなぁ。この後時間あるならば、会って行ってくれんか？」

「は、承りました。私もなんやかんやと忙しいので、これからは日にちを決めた方がよろしいのでしょうか？」

「そうだなぁ、軍務と領地の経営、それに今回は夜中まで働かせてしまったようだしな。だが、ソナの機嫌も取っておいてくれ。機嫌が悪いとワシに当たりが強くてかなわん」

「承知致しました。では、早速むかいます」

「うむ、今回はご苦労だった、パトリック」

「ははっ！」

　てな事で、王城の中庭にて、ソーナリス殿下を待つ事になった。

やがて侍女を伴ってソーナリスが現れる。

「おまたせしましたパトリック様！」

明るい笑顔で見ていて微笑ましい。今日はどことなく海軍のような服だが、この国って海軍有ったっけ？　いや無い！

「いえいえ、ソーナリス様。なかなか会える時が無く申し訳ございません」

「いえ、お仕事でお忙しいのでしょう？」

「はい、王都と領地を行ったり来たりなので、なかなか時間が取れず申し訳ございません」

「お仕事は大事です。領地の方はどんな所なのですか？」

「そうですね、基本的には麦畑と葡萄《ぶどう》農園が広がってます。後は目立つと言えば酒蔵でしょうか」

こんな感じで話は進む。

で、おかしな事になってきたのは、趣味の話からである。

パトリックは、趣味らしい趣味が無い。

なので、ペットの世話だと話した。

ぴーちゃんである。

これに食いついたソーナリス。

「蛇を飼ってらっしゃるの？　見たい！」と言ったのだ（が、作者から言わせて貰うなら、報告聞いて知ってるだろう！　白々しい）。

普通は蛇を怖がるものだが、興味を持ったようだ。

「かなり大きいですよ？　大丈夫ですか？」

「どのくらいの大きさなのです？」

小首を傾《かし》げて聞くソーナリスが可愛い。

「だいたい10メートルくらいでしょうか？」

また大きくなったようだ。

「まあ！　そんなに大きな蛇が居るのですね！　是非見たいです！」立ち上がってぴょんぴょんと飛び跳ねるソーナリス。

そんなこんなで、ソーナリス殿下がスネークス伯爵家の屋敷に来る事になってしまった。

さあ、そうなると、王都スネークス家は大騒動である！

王家の王女殿下が来るのだから！

許嫁《いいなずけ》ではあるが、まだ正式に発表されておらず、内定の段階である。パトリックは執事にすら話していない。

そこに第3王女殿下訪問の報《しら》せに、執事どころか、メイドから厩務員や護衛から大騒ぎ。

絨毯《じゅうたん》を洗い、調度品を買いに走り、殺風景な庭に花が植えられ、東屋が建てられ、と、王女が来るまでの10日ほどで、急ピッチで多少の貴族らしさを醸し出した。

で、当日。まあ、驚いた。

王宮近衛騎士団がトローラも含めて10人で、王家の紋章付き馬車3台に、第1軍から精鋭50人引き連れた大名行列のごとく、スネークス邸の前に現れたからさあ大変。

周りは野次馬の人だかり。

まさかそんな人数で来るとは思っていなかったスネークス家。

たかが21人の使用人で足りるのか!?

ズラリと並んで王女を迎え入れる使用人達。

門で待ち構えるパトリックと執事。

馬車の扉が開き、ソーナリスが姿を見せる。

「ようこそ我が屋敷に。ソーナリス殿下」

パトリックが出迎えの挨拶をする。

「パトリック様、遠慮なく来ました」

と、嬉しそうなソーナリス。

庭を通って玄関に到着。扉を開けて目に入るのが、

ぴーちゃん。

事前に聞いていたソーナリスはもちろん大丈夫だったのだが、スネークス邸に悲鳴が響いた。

早々にスネークス家の浴室に案内された侍女達と、一部の兵。

玄関の中がすぐに見えなかった兵達は、内心、（ラッキー！）と思ったとか思わなかったとか。

屋敷に入るのにビビりながらのトローラ以外の王宮近衛騎士団と、中に入るのを即遠慮した、第1軍にパトリックは、

「鍛え直しを進言しようかな」

と、悪魔の一言を呟き、それを聞いた兵達の顔色が、見る見るうちに真っ青になった。

その間、ソーナリス殿下は、蛇の頭を撫でたり、尻尾を持ち上げたりと、大変ご機嫌であったと言う。なお、ぴーちゃんはされるがままであった。

なかなか見込みのある殿下だと、パトリックは思った。

さて、玄関から応接室（慌てて調度品を買いに走ったため、変な壺が置いてあったりする）に移動し、ソーナリスとお茶をしながら会話する。

ぴーちゃんも何故か応接室に移動し、パトリックとソーナリスの間を行ったり来たりして尻尾でチョッカイかけてきたりしている。

前回、趣味の話になった時、パトリックは、ぴーちゃんの世話と言ったが、ソーナリスは裁縫が趣味との事であった。

で、今回話の流れで、

「パトリック様の服を作ってみたいのです」

と、言われた。

「服ですか？」

「はい！　普段着もそうですが、軍服や、式典用や、行進用の鎧なども作ってみたいのです」

普段着や軍服はまあわかる。式典用も理解できる。

「行進用？」

とは、何ぞ？

「はい！　4年に1度の軍事行進がありますでしょ？　確か来年に。アレに私の作った鎧で出て欲しいのです！」


軍事行進。

王都の1軍から3軍が王都を行進し、そのまま王都周辺の魔物を一斉に駆除するお祭りである。

駆除した魔物の肉は、屋台などで格安で振る舞われ、毛皮などの使える物は、孤児院や戦争で夫を亡くした女性達に配られる。

パトリックはまだ参加した事はないが、おそらく来年は8軍も参加になるだろう。

確かに行進の時は普段とは違い、いわゆる高級軍人は、見栄えの良い鎧で行進する。

「確かに私はまだ鎧を持っていませんが、よろしいのですか？　大変でしょう？」

「良いのです！　パトリック様に手作りの鎧を作りたいのです！　デザインはもちろん、私が考えます！」

少し鼻息の荒いソーナリスに、若干の不安を覚えるが、断るわけにもいかず、

「では、よろしくお願いします」

と、答えるしか無かった。

一年後、あの時断れば良かったと後悔するのだが、この時はまさかあんな鎧が出来上がってくるとは、思いもしなかったのだから。

「それよりも先にお兄様の結婚式用の服が必要ですわね！　1ヶ月後ですから、今から作れば間に合います！　お任せ下さい！」

確かに王太子の結婚式に参加しない訳にはいかないし、相手は顔見知りの侯爵の令嬢である。お世話になっているから、お祝いの品も贈ってある。

「あの、間に合うので？」

普通、貴族の式典用の服などは、オーダーメイドなら、半年は掛かるものだが。

「裁縫は大得意ですから！」

まあ、嬉しそうだから良いかと、了承する。

その場で体をみっちり採寸され、なんか匂いをクンクン嗅がれた気がしないでもないが解放された時には、すでに夕暮れ時。

パトリックはソーナリス一行にお土産として、お酒やチェスも渡し、お見送りし屋敷のソファで

1人、

「つかれたぁ～」

と、ため息が漏れた。

が、それ以上に使用人達の顔には、疲労感が出ていた。

近衛や国軍に、飲み物や軽食を振る舞い野次馬の整理にと、少ない人数でてんてこ舞いであったのだ。

なお、トローラはソーナリスを王宮まで送り届けた後に、スネークス家を再び訪れ、今はウイスキーを飲んで上機嫌である。

「今日は、皆お疲れ様。後でウイスキーを料理長に渡しておくから、夕食後に一杯やってくれ。飲めない人には、葡萄水を用意するよ、あ、トローラ伯父の事は放置しておいていいから！」

と、使用人を労った。

その後、トローラと酒を飲み交わして翌日二日酔いで苦しんだパトリック。

1ヶ月後、王都はお祝いムード。

ウィリアム王太子と、エリザベス王太子妃の結婚式は教会で盛大に行われ、王城では披露パーティーが開かれていた。

中央で踊る主役2人、銀色の長髪をなびかせ、細身の長身ウィリアム王太子の緑の瞳が見つめる先に居るのは、金色のフワフワした長い髪をゆらすエリザベス王太子妃。緑の瞳で見つめ返す。

主役2人が踊り終わると、貴族達が挨拶する流れになる。

パトリックは、一応アクティブモード。

本日の主役2人に挨拶する為、列に並んでいた。

挨拶順は、爵位が上の者からであるので、伯爵のパトリックは、まあまあ早い方である。

すぐ後ろの子爵あたりから、（伯爵の中ではいちばん新しい家なので、伯爵の最後尾に並んでいた）「新参者の癖に」とか、「元金貸しの落ちぶれた家の出の癖に」だとか、聞こえるように言っているが、パトリックは気にしない。

悪口は、勝者に向けられる税のような物だと、割り切っている。

順番が来て、主役2人に挨拶し、隣に居る王と王妃にも挨拶、そしてディクソン侯爵と、侯爵夫人にも挨拶する。

王太子と王妃は、パトリックの顔を知ってはいるが、正式には初対面である。笑顔で応じてくれた。

挨拶が終わり、ワインで喉を潤していると、

「パトリック殿、お久しぶりです」

と、声がかかる。

「おお、カイル殿。その後どうですか？」

「はい、主犯格は全て拘束しました。いやぁ、結婚式までに解決できて良かったです。パトリック殿のおかげですよ」

「いえいえ、私は少しお手伝いしただけですので。カイル殿の調査があってこそでしょう」

と、お互いを称賛しあう。

「ところでご挨拶に向かわなくて良いのですか？」

「うちは、男爵家なので、まだまだ後ですよ。今は子爵家のあたりでしょう？　子爵や男爵は、多いのでね。ゆっくり行きますよ」

と、笑っていた。

確かに、今の王国には、公爵4家、侯爵8家、伯爵がパトリックのスネークス家を入れて20家だが、子爵以下は、桁が変わる。

子爵は確か123家、男爵が258家。

そりゃパトリックが妬まれるのも納得である。

しかも現在18歳の若造が初代であるのだから。

なお、準男爵や騎士爵は、合わせると1000を超える。

さすがに男爵より下は、呼ばれていないが。

呼ばれている貴族も、当主と妻、家を継ぐ次代まで。ということは、カイルは次代なのだろう。

そろそろ行ってきますよと、カイルが去る。

そこに、

「スネークス伯爵！」

と、声をかけてくる、知った声が。

「デコース兄！　久しぶり。伯父上は？」

「父上は、近衛なので警備隊の指揮をしているよ。代わりに私が挨拶にいくのだが、まだまだ列が長くてな」

と、笑う。

「暫くこちらに滞在するので？」

と聞くと、

「ああ、10日ほど滞在する予定だ。一緒に飯でも食うか？　うちに来るか？」

と言われたので、

「いや、うちに招待するよ。ウイスキーとブランデー出すよ！」

「おお！　いつも送ってくれてる酒だな！　ウイスキーはパットが送ってくれてるやつを飲んでるが良いなアレ！　ブランデーとやらは親父が独占してまだ飲めてないから、是非！」

「伯父さんなにやってんの……ウチに来た時にお土産用のやつをあげるよ……」

と、約束して別れる。

後日、デコースはスネークス邸で、度肝を抜かれる事になったが、辛《かろ》うじて漏らしはしなかった。

「パトリック様、ご機嫌よう」

と、女性の声が。

「これはソーナリス殿下。ご機嫌麗しく」

実は昨日、式典用の服を渡されたので会っているのだが、ここは周りの目もあるし、婚約はまだ発表されていないので、このような対応である。

「似合ってます」

と、小声で言われたので、

「ありがとうございます」

と、小声で返す。

黒を基調とし、緑のストライプが所々に入り、左胸のポケットには、スネークス家の家紋。背中のお尻くらいまであるマントにも、家紋が入っている。

マント。これ1つにも決まりがある。

王は床に引きずるくらいの長さ。

公爵は足首くらいの長さ。侯爵は、膝裏。

伯爵は前述のとおり。子爵は腰まで、男爵は肩甲骨の下くらい。

これも当主のみである。（王族は、王でなくとも公爵と同じ長さのマント着用）
8軍の黒と、スネークス領軍の緑をアレンジしたらしい。
「ではまた後ほど」
と、ソーナリスが去っていく。

（ん？　後ほど？）

さて、男爵達の挨拶が終わり、皆が一息ついた頃。

「諸君、今日は我が息子の為に集まってくれて感謝する。大勢の祝いに、息子夫婦も喜んでおる」

陛下の言葉に、皆が耳を傾ける。

「でだ、この場を借りて新たな発表がある」

その言葉に、ザワザワしだす。

「なんだ？　戦か？」

「祝いの席でそんな事言う訳ないだろ」

と、憶測が飛ぶ。

「ソーナリス、こっちに来なさい」

「はい、お父様」

陛下に呼ばれたソーナリス殿下が、王の脇に立つ。

「この度の王太子結婚に続いて、このソーナリスの婚約を発表する！」

「「おおっ！」」

会場が騒然とする中、

（え？　マジで？　今？）

と、心の中で突っ込むパトリック。

「相手は、今日この場に来ている」

（また、勿体《もったい》ぶって）と思うパトリック
「パトリック・フォン・スネークス伯爵だ！　パトリック、こちらに来い」と宣言した。

「なにっ！」やら、「おおっ！」やら、「なんで？」や、「馬鹿な！　何故だ!?」と、声が上がる。

否定的な声が多いのは仕方ないだろう。

呼ばれたからには行かないといけない。

「はっ！」

と、短く声を出して、歩き始める。

ソーナリス殿下の横に立つパトリック。

会場を一段上から見下ろすと、人の顔がよく見える。

苦虫を嚙み潰した様な顔が多い中、笑顔のデコースを見つける。

そして、サイモン中将の横に次代として来ていたウェインも笑顔だ。

ウェインの顔を久しぶりに見たが、なんかイケメン度が上がってて、ちょっとムカついた。

「パトリック、皆に挨拶を」

促されたので、

「パトリック・フォン・スネークスです。この度、ソーナリス殿下と婚約となりました」

と、簡素に挨拶して、会釈する。

「ソナ、お前も挨拶なさい」

「ソーナリスです。私が望んだ方と婚約出来て嬉しく思います」

と、こちらも簡素な挨拶である。

自分が選んだアピールを忘れないところが、シッカリしている。

デコースが拍手した。それに釣られて皆が拍手する。まあ、嫌々拍手している者の方が多いのだろうが。

ふと陛下の方を見ると、ニヤリと笑っていた。

イタズラが成功したような笑みだ。

ソーナリスの方を見ると、ニコニコと嬉しそうだ。

知っていたから後ほどと言ったのだろう。

「ソーナリスは、まだ13歳なので、結婚式は15歳の誕生日に行うことにする。1年ちょっと後だ」

結婚式の日程まで決まった。

その後の嫉妬の目は、華麗にスルーし、大きな声の嫌味を無視し、披露パーティーは終わった。

馬車での帰りの道中、今後の予定に頭を悩ませる。

「さて、どう動いていくかだな。誰が敵になるか見極めないとな」

新参者が王家と婚約。かなりの確率で、足を引っ張る家が出てくるだろうことは、想像に難くない。屋敷にて使用人達に婚約の報告をする。

まあ、驚かれた訳だが、家にとってこれほど名誉な事はない。使用人達から祝福の言葉がパトリックに贈られた。

パトリックは次の日から、動き回る。

とりあえず信頼できそうな家に招待状を出す。

カナーン家、ディクソン家、ウェインの居るサイモン家、そして王家。

名目は、婚約発表記念パーティー。

ソーナリスを通じて、王家には了承を得ている。

招待状には、〈お知り合いで、私達を祝ってくれる貴族家があるなら紹介して欲しい〉と、一言添えた。

友達の友達は友達だ作戦である。

ある程度、味方として見ることが出来る家を特定してしまいたいのだ。

なにせパトリック絡みで潰れた家が7家（家捜しした件《くだん》の宮廷貴族と領地の貴族は取り潰しとな

っている)。

その親戚には、恨まれているだろう。

関係無い家でも、新参者を嫌う家もあるだろうし。予定は2ヶ月後とした。

出した招待状の返事が届く。

カナーン家は、全員参加と書かれていた。伯父の妻2人の実家も参加してくれるらしい。

カナーン家は、派閥とは無縁の家ではあるが、妻の実家との関係は良好である。どちらも同じ男爵家で、権力は無いが。両方ガチガチの武家なので、力のみで男爵の地位を守っているのだ。カナーン家も同じく軍人としての貢献のみ、そのせいで不作の時に、妹をリグスビー家に嫁に出す結果となったが。

ディクソン家も了承。ディクソン派閥の家も参加。

サイモン家も了承。ウェインの実家のキンブル家や、派閥の家も参加。

ここで少し説明を。

サイモン家が娘しか居ないのに、王家に妻を出したり、王家から婿を迎えないのには理由がある。

サイモンの正妻が王の妹なのだ。

2代続いて王家と縁組は、他の貴族の手前マズいのだ。また、王家と婚姻出来るのは中級貴族以上である必要があり、準男爵や騎士爵は王家との婚姻が認められない。まあ、無理矢理男爵にしてしまうという力業《ちからわざ》も過去にはあったが。

王家は、陛下と正妻、正妻の実家と、その派閥、王太子夫婦が参加とある。第2、第3夫人達は不参加のようだ。

ざっくり数えて、王国貴族の5分の1は参加となる。

思っていたより多い。

会場のスネークス邸に入り切るだろうか？

元子爵邸なので、めちゃくちゃ広い訳では無い。庭はめちゃくちゃ広いのだが。

「どうしよう？」

とりあえず返事を書く。

〈準男爵と騎士爵は、会場の広さの都合上、ご遠慮下さい〉と添えた。

パトリックは準備に追われる。

領地に帰った時に、お土産用としてのブランデーやウイスキー、イネッシュを王都に持ち込む。

領地に帰った時には、もう婚約の話は伝わっており、使用人達からお祝いの言葉を貰い、是非殿下を一度領地へとお願いもされた。

領地の職人達に、石造りのチェスを大量発注し、翌月持ち帰った。

パーティーの人員数に不安があったため、領地の使用人や領兵を数人王都へ連れてきたりもした。

で、当日。

王都のスネークス邸は、人で溢れていた。

庭は、警護の近衛や王国兵。他の貴族の護衛や使用人が、ごった返している。

そこに飲み物や軽食を配るスネークス家の使用人が、糸を縫うように動き回る。

一方屋敷の中はというと、いちばん広いホールを立食形式の会場とし、王族専用のテーブルと椅子を上座に配置。他の貴族には立食ならではのスネークス領産の調味料を使った料理と、スネークス領産の酒を振る舞う。次々と祝いの言葉を貰うパトリックと、ソーナリス。

味方の勢力ならばと、集まってくれた貴族の領地には、優先的に酒を売ると約束し、スネークス家と付き合っていけば得が有ると認識してもらう。

第2会場とした食堂は、チェスを大量に配置して、貴族同士の友好を深めてもらうことにしたのも、大好評だった。

ただ、陛下や王太子までチェスに参加し、対戦した貴族は、勝って良いのか悪いのかに悩んでいたらしいが。

なお、事前に屋敷に入る前に、ぴーちゃんの注意をくどいほどしたので、漏らした人は数人であった。どこにでも話を聞かない人っているもんだね。

だが、漏らした人は、スネークス邸の大浴場をいたく気に入り、我が家にもコレを作って欲しいと頼まれたりもした。仕方ないので職人を紹介すると約束した。

チェス会場で、とある男子と女子が、仲良くチェスを指すのが目撃されたが、パトリックの耳には入らなかった。

ただ、その2人の親の耳には入ったようだ。

パーティー終わりには、しっかりブランデーとウイスキーと、イネッシュ、チェスのお土産をパトリックが手渡し、今後とも宜《よろ》しくと挨拶して送り出した。

王家が帰る時、王妃に、

「ソナに鎧を作らせるって本当？　正気？」

と、聞かれたのが、少し不安だが、

「結婚式の時の衣装もソーナリス殿下作です。少し奇抜な配色でしたが、なかなか良く出来ていたと思いますが？」

と、聞いてみると、

「あれは1ヶ月しか製作期間がなかったからねぇ。アイデアは1日で決めたから、まだまともなのよねぇ。鎧は趣味に走るとか、空恐ろしい事言ってたから、覚悟しておいた方が良いかも」

と言って帰っていった。

（趣味に走る？）

〜〜


とある貴族は思った。なんだこの魔物は？　と。

コレが屋敷に入った時の第一印象だ。

決して大きくは無い屋敷は、好感が持てたが、中に入って見た蛇の魔物には、本能的に死を連想した。

アレがペットとは。いや使役獣だったか。

パトリック・フォン・スネークス伯爵。

2年ちょっと前までは、ただの男爵家の三男だった。

王国軍に入るのも、よくある事だ。

うちの息子も王国軍に入れた。

それが、アレよアレよと出世し、今は中佐だ。

2年ちょっとで中佐など、恐ろしいスピード出世だ。

息子の大尉ですら、スピード出世だというのに。

陛下のお気に入りだとか、親殺しとか言われているが、目の前の男はどこにでも居そうな普通の男だ。存在感が少し薄いが。

領地経営でも、新しい酒の販売や遊戯の開発で、好景気だと聞く。

確かにパーティーで飲んだウイスキーは良かった。

濃さを自分で調整出来るのが良い。ゆっくり酔いたい時は、薄めのやつを楽しめば良いのだから。

酒を水で割るという発想が新しい！

新しい調味料も販売していて、今日の料理にも使われていた。

今まで食べたことのない味だが、不味い訳ではない。いや、美味いのだ。

リグスビー家は確かに風前の灯《ともしび》だったが、王国では古参の家でもあった。最後の当主の不手際で家は無くなったが、血は残った。

スネークス家。優秀だったリグスビー家の血を受け継ぐ家だ。

陛下もそこを考えての、今回の婚約だろう。あの様な優秀な男を、娘1人で王家側に引き入れる手腕は、流石王家だと言わざるを得ない。

あの男と友人になった息子を、褒めたくなる。

まあ、息子はサイモン家に婿に出てしまったがな。

今回の流れ、我がキンブル家にとって良い流れだと確信している。

ただ、あの蛇はなぁ。

パーティーも無事終わり、通常通りの生活に戻るパトリック。

いや、通常通りでは無いかもしれない。

パトリックが王都に滞在中は、軍務が休みの日には来客がある。

来客筆頭はソーナリス。

パトリックから戦闘スタイルなどを聞き、鎧のデザインの参考にするらしい。

2番目に多いのはカナーン家の誰か。

トローラであったり、アイシャであったり、デコースが来たこともあった。

3番目はディクソン家。主にケビン君。

どうやら国軍に入隊希望らしいが、まだまだ年齢的に無理なので、パトリックに訓練内容を聞き、自主トレをするらしい。ただケビン君が来る時って、たいていアイシャが来てる時なんだよなぁ、偶然ってあるんだね。そろそろ領地に戻るとの事だ。

他にもパーティーに来てくれた家が、交易の商談に来たりもした。

風呂に関しては職人を紹介してあげたら、大変喜ばれた。

酒はかなりの家から手紙でのやり取りもあり、爵位により量を決めて流通させて貰う事にした。

これによりスネークス領はさらに物流面で、重要な場所になっていく。

他領から来る商人も増えるので、宿屋や歓楽街が増えた。

その分治安維持に金がかかるようになったが、税収も増えたので問題ない。

問題と言えば、王都の屋敷周りに不審者が現れるようになった。

おそらくどこかの家の間者であろう。

様子を窺《うかが》う者、塀を乗り越える者。これはすぐに警備に取り押さえられているが。

パトリック直々の尋問により全てをゲロった間者によると、狙いは新たな酒の製造方法らしい。

この世界、特許を取ったからと言って製造方法を公開する義務は無いので、知っているのはパトリックと領地の職人だけである。

職人にはたっぷり報酬を払って口止めしているので、未だに情報を漏らした者は居ないようだ。

ただ、領地のほうにも、かなりの数の間者が放たれているらしい。

「次帰ったときに一掃しておくか」

ニヤリと笑ったパトリックの顔を見て、アストライアの顔から冷や汗が落ちたとか、落ちなかったとか。

パトリックは早速領地に戻った時に、動き出す。

酒の醸造所、蒸溜所、保管所。

全ての建物を領軍が警備をしているのだが、少し離れた物陰に、居るわ居るわ、こそこそ様子を窺う男達が。

敷地の外なら問題ないが、しっかり塀を越えていたのだから、問題有りだ。

背後からそっと近づいて、脇腹を思いっきりエグるように殴る。

蹲《うずくま》って苦しがる男の頭に蹴りをくれ、仰向けにしてからの、顔面に膝落とし。

だいたいこれで戦意喪失し、素直にお縄となる。たまに馬乗りになってボコボコにするまで折れない強者《つわもの》もいたが。

領軍に引き渡して、牢屋に詰め込み、また次の間者の相手をしていく。

王都に戻る日、牢屋には、137人の間者が詰め込まれていた。

もちろん全てパトリックによる尋問済みである。

尋問された間者の顔は、少しやつれている。

食事が喉を通らなかったのか、単にパトリックに怯《おび》えているのか。

パトリックは、領軍の護衛付き荷馬車に、詰め込まれた間者達を連れて、王都に向かう。

王都の少し手前で、パトリックは一行を止め、一人一人縄で縛り、それを縄で繋いでいった。

先頭をパトリックが馬で、その後ろを領軍に挟まれるかっこうで、間者達が歩く。

王都の門前に到着すると、今日の警備担当の門番が、パトリックの前で敬礼する。

「スネークス中佐、この者達は？」

と、尋ねられると、

「うちの領に居た飼いネズミ達だ、飼い主に引き取って貰おうと思ってな」

と、冷淡な笑顔で答えた。

その顔を見た兵は、思わず腰を抜かしそうになったが、なんとか耐えた、

「死神の笑顔、怖《こえ》ぇぇぇ」

と、小声で余計な事さえ言わなければ良かったのだが。

「聞こえてるぞ、3軍のジェイジェイ兵長。次の訓練が楽しみだなぁ！」

と、パトリックに言われた。

「ひぃいいっ！　ご勘弁を、許して！　お願いします！」

土下座して謝るジェイジェイ兵長に、

「さあなぁ」

と言って、門を通り去るパトリック。

「俺、死んだかも。てか、俺なんかの名前まで覚えてるのか」

真っ青な顔でため息を吐《は》きながら、ジェイジェイ兵長が、諦めの顔をしていた。

一行は大通りを歩く。見せしめの為にゆっくりと。

平民達は、なんだなんだと見物している。

その中に、おそらくどこかの間者であろう者が、仲間の顔を見つけては、血相を変え、どこかに走り出す。

一行は、貴族の屋敷が立ち並ぶ、通称貴族街に向かった。

貴族街を歩く一行は、とある家の前で止まる。

その家の門番が、

「我がスタイン家に何用かっ！　用がないなら、さっさと立ち去れっ！」

と、偉そうに言うのを、冷めた目で見るパトリックが、

「私は、パトリック・フォン・スネークス伯爵である。スタイン男爵家の使用人が、スネークス領にて怪我をされたのでお連れした。当主に引き渡したい」

と、ニヤニヤ笑いながら、1人の男を門番の前に突き出す。

もちろん縄で巻かれたままだ。

門番は、男の顔を見て、顔面が真っ青である。どうやら顔見知りのようだ。

それどころか任務も知っていたのかもしれない。

「この様な男は知らんが、一応、男爵様に確認してくるので、暫《しば》し待て」

とりあえず自分の責任では、事に当たれないと踏んだようだ。

屋敷に向けて走っていく時に、転ばなければ合格点だったのになぁ。慌て過ぎである。

戻ってきた門番は、

「男爵様も、知らんと仰せだ。早々に立ち去れ」

と言った。

まあ、想定内である。認める訳が無い。

「そうか、ならば鉱山にでも売ることにする。邪魔したな」

そう言うパトリックは、次の家に向かう。

知らんと言われた男は、門番の方を恨めしげに見ていたが、取り乱さないだけ優秀だった。

なにせ次の家では、間者が門の前で、

「俺だよ、助けてくれよ。鉱山に行きたくない!!」

などと騒ぐのでうるさかった。

もちろん知らない男だと言われ、無視されたのだが。

まあ、この男は、爪の間に針を入れられただけでゲロった、ヘタレだったが。

その日だけでは全ての家を回る事はできず、3日かかったのだが、間者を受け入れた家が1つあったのには驚いた。

その家は、パトリックを屋敷内に招き、当主自ら正式に謝罪し、間者の身代金を払うと言い出した。

パトリックはその当主を気に入り、「身代金は要らないので、今後、懇意な付き合いをしませんか?」と、引き入れ工作をした。


北方のアボット伯爵家、別名、北の鉄狐《てっこ》。


後日、パトリックはアボット伯爵を屋敷に招いた。

もちろん玄関前でのぴーちゃんの説明は、忘れない。

アボット伯爵は、年齢は50歳ほどで痩せ気味、銀髪で身長170センチほどの男である。

顔に刻まれたシワは、意志の強さの現れか、それとも苦労の結果か。

アボット伯爵はスネークス家との関係でいうと、敵でも味方でもない、様子見していた家だが、今回は様子見の一環としてのスネークス領潜入だったらしく、領地の交易品である酒関係は調査して当然。たまたま運悪くパトリックに捕らえられた訳だ。

「なんと当主自ら捕らえたのか？」

緑の瞳をした眼を見開き聞き返す。

アボット伯爵には考えられなかったようだ。

アボット伯爵家は領地運営に重きを置いているため、パトリックの顔や出世は知っていたし、内容も部下から伝え聞いてはいるものの、実感がわかなかったのだ。

また、自分の部下がアッサリとアボット家の事をゲロった事、これに大変興味があった。

長年仕えた部下が、自分の事をすんなり吐くはずがないのだ。そこは信頼できる部下を使っている。

だが、パトリックからの尋問、いや、拷問と言おう。その内容を聞き、

「そりゃ吐くわ……」

と、少し引いていた。

改めて謝罪をし、手土産として、自領で取れる上質の鉄で打った短剣を10本渡してきた。

北の方は鉱山が多いが、特にアボット領産の鉄は上質で知られ、また抱える鍛冶屋も質が高いので有名である。

パトリックは有り難く頂戴《ちょうだい》し、今後の話をしていく。

「では、アボット領からは鉄、スネークス領からは酒の交易がメインとして、他もある程度流通させましょう」

と、話が纏まる。

「では、これからは情報交換もすると言う事で、今後共よろしく！」

「こちらこそ！」と、２人が握手し、
パトリックは手土産に酒の詰め合わせとチェスを進呈したのだった。

〰〰〰〰〰〰〰〰〰〰

信頼する部下が捕らえられたと門番から聞き、ワシは我が耳を疑った。

雇って30年。これまで一度の失敗も無かった男だ。

それが捕らえられただけで無く、我が家の事まで喋るなど、考えられなかった。

しかし、屋敷の中に連れて来られたのは、間違いなく我が部下であった。

心身共に疲れ果てていたのか、ワシの顔を見るなり、

「申し訳ありません閣下、しくじりました……」

と言い、すぐに気を失った。

すぐに医者を呼んでベッドに寝かせ、スネークス伯爵に会う事となった。

噂は部下から聞いていたし、王太子の成婚パーティーでも、顔は見ていた。

どこにでも居そうな若者だ。

黒髪、黒い瞳は珍しいが、それ以外は至って普通の若者。

だが、国軍に入隊して2年ちょっとで中佐など聞いた事も無い。おそらく国軍史上初だろう。

陛下のお気に入り。

これはその通りだろう。

だが、それは実績有っての事だ。あの陛下が気にいる何かがあるのだ。

ウエスティンの反乱。

あの件で、多大な成果を残した事。

また、実の親でさえ自分の手で始末するほどの忠誠心。

自領をあっという間に回復させた手腕。

調査させる理由に困ることが無いくらいだ。当然調査させた。

我が家は狐と称されるくらい、狡猾《こうかつ》に王国を生き延びてきた家だ。調査は欠かさないし、仕入れた情報は巧《うま》く使ってきた自負があった。しかし結果はコレだ。

謝罪をし、後日屋敷に招かれて、玄関ホールで度肝を抜かれた。

事前に説明はあった。

「デカイ蛇が居るので、驚かないように」と。

だが、アレはデカイにも程がある。しかもただの蛇では無い。

ギガントツリーバイパーだ。

猛毒持ちの凶暴な蛇の魔物だ。アレを家で飼う？　正気を疑った。

しかし、スネークス伯爵に、まるで甘えるように身体を擦《こす》り付け、頭を撫でられると、尻尾を振っていた。

これが噂に聞く魔物使いの技量かと感心した。

交渉も、対等な条件で締結できた。

我が領にはドワーフが多いので、酒は必須だ。噂の新しい酒が有れば、ドワーフ達も喜ぶし、良い物を作ってくれるだろう。

持たせてくれた酒を飲んでみたが、かなり良い。

特にイネッシュとやらは、温めて飲むのも旨い。寒い北では、重宝されるのは間違いない。

出だしは悪かったが、良い結果になった。土産のチェスも高級品だ。我が領には量産品の木製の物しか流れて来てなかったからな。

一滴漏らしたの、バレて無ければ良いが……

〰〰〰〰〰〰〰〰〰〰〰〰〰〰〰〰〰〰〰〰〰〰〰〰〰〰〰〰〰〰〰〰〰〰〰〰

とある場所のとある家、そこに数十名の男たち。

「あの男が王家から妻を迎えるなど許せん！」

「そうだ！　あのような若造に潰された我が家の恨みを！」

「あいつのせいで、俺は軍曹に格下げされたんだぞ！」

パトリックへの不平不満があちこちで叫ばれる。

「でだ！　どうする？　ヤツをこのままのさばらせておくのか？」

「そんな事許せん！」

「ヤツを破滅に追い込まなくては我慢ならん！」

「ヤツの領地で暴れるのは？」

「どのくらいの人数を用意できる？　人を雇うのにも金が必要だぞ？　有るか？」

「うちは財産没収されたから無いぞ」

「財産くらいなんだ！　うちは本家が取り潰しだぞ！」

「お前たちは家族が生きているだけマシだろう。うちは兄夫婦や甥っ子達、全員処刑だぞ」

「うちもさ」

「皆金は無いから、多人数は無理だな。だが小さな嫌がらせでは納得出来んだろう？」

「当然だ！　ヤツの首を取りたい！」

「領地は兵も多いから、やるなら王都だ。出来るか？」

「腕利きを少数雇うか？　２人位ならなんとかなるのでは？」

「屋敷に忍び込ませるか？　それとも軍事行動中を狙うか？」

「それは雇う者の技量によるな」

「とりあえず皆出せるだけ出してくれ。それで腕利きを雇う。暗殺はその者にやらせるとして、あとは個々に出来るだけ嫌がらせをする。これしか無いだろう。今の我々ではな」


〰〰〰〰〰〰〰〰〰〰〰〰〰〰〰〰〰〰〰〰

パトリックは、捕らえた間者のうち、例の尋問の1周目に耐えられた者以外は、鉱山に売り払った。

借金奴隷である。

この国は、犯罪奴隷と、借金奴隷が認められている。犯罪奴隷は、刑期の間、強制労働（休日無しの1日15時間労働）である。

借金奴隷は、労働で借金分を返すまで、通常労働（休日有りの1日10時間労働）である。

領地での犯罪は、領主によって裁かれる。

不法侵入の罪で犯罪奴隷としても良かったのだが、民に被害が出た訳でも無いし、財産を盗まれた訳でも無い。敷地内に不法侵入しただけなので、パトリックは捕らえた間者ごとに値段設定し、借金奴隷として売り払ったのだ。

その後、借金を返して解放された時に、スネークス家の危険度を広めてもらう広告塔として。

それとは別に、尋問を一周耐えた者には、とある選択肢を、与えた。

「うちで働く気は有るか？」

と。

スネークス家は、新興の家である。間者や騎士はまだいない。

リグスビー家の時は、一応スパイ活動をする人員を持っていた。

まあ、末期はその費用を捻出できずに、居なかったようだが。

前に、騎士爵は、上級貴族に認められた者と書いたと思うが、上級貴族に認められた者が、何故騎士爵になれるのか？

それは認めた貴族が、年間金貨10枚の騎士税を王家に納めているからだ。その中から金貨5枚を騎士爵に支給している。

任命された騎士爵の者は、○○家が騎士、△△と名乗る事になる。

騎士に任命するだけで、上級貴族は金が減っていくのだ。

パトリックはまだ自家の騎士を持っていない。

情報収集部隊も無い。

パトリックの一周目の尋問を耐えた29名は、パトリックの誘いに乗った。

いや、恐怖で、拒否できなかったのかもしれない。

だが、この29名は、スネークス家を裏切る事は決して無かった。

第六章　北部の争乱

北方面軍。
北の山岳地帯に住んでいる部族の侵攻を、食い止めるために展開されている軍である。
少人数での攻撃は月に何度かあり、その度に追い払っているのが現状である。
それがもう２ヶ月も無い。ようやく諦めたか？　などと誰かが思った頃。
砦の物見台に居た監視兵が、蠢《うごめ》く集団を見つける。
兵は慌て、備え付けられている鐘を鳴らす。
「敵襲！　敵襲！」
と、叫びながら。
カンッカンッカンッ！
と鳴る鐘の音に、砦の兵達は動き出す。
弓兵は、砦の壁の上に配置し、騎兵は鎧を着込み、歩兵は槍を手に、門の前に集まる。

物見台の上に登って来たフィッシャー少将は、敵の数を見て驚いた。

今までと数が違い過ぎて。


〰〰〰〰〰〰〰〰〰〰〰〰〰〰〰〰〰〰〰〰

「スネークス中佐。陛下より呼び出しだ」

サイモン中将に呼ばれたパトリック。

呼ばれた先には、元帥陛下の他に、1軍から3軍までの将と宰相、外務省の官僚が居た。

「全員揃ったな。ではこれより会議を始める。議題は、北部部族の大侵攻にどう対応するかだ！」

「北方面軍の状況は？」

「伝令によると、敵の数はおよそ1万。北方面軍の2000と、北部国境付近の貴族領軍をかき集めた2000。合計4000で砦を死守しているところらしい」

「援軍が必要ですな。今回はどの軍を？」

「3軍と8軍を考えているがどうか？」

3軍のガナッシュ中将は、

「3軍行けます！」と言い、パトリックも、

「8軍行けます！」と言った。

「よし、宰相。食糧などの手配を！」

「はっ！」

「外務大臣！　他国の動向は？」

「はい、南のプラム王国は我が国との友好条約のため問題無し。西のザビーン帝国は不可侵条約中のために、我が国への侵攻は無いでしょうが、破棄の可能性もあり、西方面軍は動かせません。また、帝国に侵入している間者からの情報では、帝国より食糧が大量に輸出されている模様。おそらく北に援助しているのでしょう」

「かわりに鉄も輸入しているであろうな」

「おそらく」

「よし、一応西を警戒して、南から500を西へ、もう500を手薄になる王都の警備に。3軍と8軍は、総員でもって北部方面軍の援軍に迎え！　以上だ。急げよ！」

全員が席を立ち、

「「「「御意！」」」」と敬礼した。

翌日、3軍と8軍は王都を出発した。

大量の食糧や、槍、矢とともに。数日後、3軍と8軍が北部の砦に到着した時、砦は山岳部族に囲まれていた。

「スネークス中佐！」

3軍の指揮官であるガナッシュ中将がパトリックを呼ぶ。

「はい中将」

「我らはこのまま砦に向かい、部族を蹴散らして砦に入る。貴君ら8軍はどうする？」

パトリックは左手中指で左のコメカミを叩きながら数秒思案し、答えた。

「8軍の輸送部隊の馬車隊を3軍に預けます。残りは奴らの本隊の後方に回り込みますので、ここで別れましょう。馬車隊をお願いします！　こちらから奇襲を仕掛ける時に黒煙を上げるので、それを合図代わりに！」

「承知した。健闘を祈る」

「8軍！　馬車隊は3軍と行動しろ！　走竜隊、馬隊は奴らの後方に回り込む！　準備しろ！」

パトリックの号令により、馬車から食糧などが個人のリュックに詰め込まれる。

「よし、迂回するぞ、8軍出発！」


〜〜〜〜〜〜〜〜〜〜〜〜〜〜〜〜〜〜〜〜


3軍は砦の裏門あたりに居る部族の後方から一気に襲いかかる。

部族は砦を包囲する事しか考えていなかったようで、後方からの奇襲にまともに対応出来なかった。

大した被害も無く砦に入った3軍達。

食糧や武具の補給にわく北方面軍。

「フィッシャー少将はどこか？」

ガナッシュ中将が聞くと、

「正門上の物見台に居《お》られます！」

と、近くの兵が答えた。

ガナッシュ中将が物見台に上がり、

「フィッシャー少将、状況は？」

と聞くと。

「おお！　ガナッシュ中将。援軍に感謝致します。現在、籠城作戦ゆえ大きな被害はございませんが、敵の弓矢により怪我人は出ております。なにせ敵の数が多いので、討って出るのは無理だと判断致しました」

「なるほど。変に出ずにいてくれて良かった。兵の数は大事ゆえな。3軍と8軍で来たが、砦に入ったのは3軍総員と8軍の馬車隊だ。残りの8軍は敵後方に回り込むために別行動中だ」

「新設の8軍ですか。私はずっとここなので噂しか聞いてませんが、どれほど出来るので？」

「奴らの訓練は凄まじい。3軍どころか近衛でも悲鳴を上げる訓練だ。期待できるぞ」

「それほどですか!?　では、もう暫く籠城でよろしいのですか？」

「ああ、動きがあるまでこのままだ。スネークス中佐待ちだな」


走る。

馬が、走竜が。その背中に、8軍の兵を乗せて。

北部は山岳地帯である。山の木々は針葉樹が多い。

冬場は雪に覆われる地方である。

岩山用のベージュと茶色のマダラ模様の戦闘服に身を包み、8軍はなんとか馬が走れる山の裾野を移動する。約200の兵達は無言である。

ひたすらパトリックの後ろを追随する。

半日ほど走った頃には日暮れが近づいていた。

「よし、ここで夜営する。テント設営！　火は起こすなよ！」

小さな小川を見つけた時パトリックがそう命令を出した。

パトリックは兵を残し近くの木に登り出す。

「砦があっちだから方角から考えるとあの辺かな？　もう少し日が落ちれば火ぐらい見えるかな？」

と呟き、木を下りる。

「各班、見張りの順番は訓練通りに。夜明け前には出発するぞ」

その後、数匹のゴブリンやフォレストウルフの襲撃があったものの、被害無く撃退した８軍。

パトリックは日が落ちてから、再び木に登り敵の位置をしっかりと確認した。

空が白む頃、８軍は出撃準備を終えていた。

「では出発だ。今日の午後には接敵するはずだ。皆、スピードを抑えめに行くからそのつもりで」

そう言うと走竜の脇腹に足で合図する。

走竜が走り始めると皆それに続く。

走りながら干し肉を齧《かじ》り水筒の水を飲む。戦闘前に食べ過ぎは禁物である。

太陽が真上から少し傾いた頃、前方の遥《はる》か先に砦らしき物が見える。ようやく回り込み完了である。この先に敵は居るのだ。

「総員、音を出すなよ。静かに前進だ」

ゆっくり、ゆっくり進む８軍。走竜の足音はほぼ無い。

馬はどうしても蹄《ひづめ》の音がしてしまう。

パトリックの目測で敵までおよそ１キロ。

「全軍突撃!!」

静かに、だがしっかりした声でパトリックは命令した。

「てっ、敵襲っ！」敵側から声が上がる。

敵までおよそ３００メートル。

敵は先ほどこちらに気が付いている。

パトリックは、馬上にいる身長１８５センチの筋肉ムキムキの男に声をかける。

「ワイリー大尉！　馬隊弓兵、弓用意！」と命令する。

緑の短髪頭をパトリックに向けたワイリーと呼ばれた男は、緑の瞳で目礼し、

「はっ！　馬隊弓引け～！　構え～っ……　放てっ！」

馬隊隊長のワイリー大尉の号令で、およそ１００の矢が馬上の弓兵から飛ぶ。

「ヴァンペルト大尉！　走竜隊は槍で突撃！」

パトリックが命令する。

呼ばれた赤い長髪を揺らすパトリックより少し背の高い細身の色男は、茶色の瞳を見開いて、

「了解です！　走竜隊！　槍構えっ……突撃っ！」

今回は森林戦を想定していないので槍を持って来ている。

ただし短めの槍だが。

一方敵は焦った。砦しか見ていなかったからだ。

先日敵の援軍が砦に入ったと報告が来ていたし、兵も数百人が戦闘不能になった。

しかし、まさか後方から敵が来るとは思いもしなかったのである。

山岳部族と蔑まれ、山のあちこちに集落を作って暮らしていた人々。

冬の山での生活は厳しく、山の実りだけでは生活出来ない年も多い。その度に平地を目指すのだが、いつも集落ごとの奇襲になるため、追い返されるだけで平地を手に入れた事がない。

今回は各集落と連絡を取り合い冬が来る前に全集落合同で仕掛けた。

数に勝るためすんなり取れると思っていたが、砦を攻めるのがこんなに困難だとは思ってもみなかった。

だいたいまともな集団戦すらした事がないのだ。知るはずが無い。

「後方から敵襲！」

この声に軍全体が浮き足立つ。わずかな矢にすら悲鳴を上げる。

こんなはずでは無かった。

帝国が格安で食糧を売ってくれたが、その量は山岳地方全体に分配すれば1ヶ月分程度。戦を仕掛けて王国の領地を取れなければ飢えは必至。

後には引けない侵攻だった。

「合図の黒煙を上げろ！」

パトリックの指示により、ミルコがリュックに詰め込んでいた石炭（石炭は薪より高価なのと、黒煙の量が多い為、屋内では使用されていませんが、屋外だと使われています）に火を付ける。燃やすと、大量の黒い煙が上がった。

パトリックは先に合図を出して敵に発見されることを避けたのだ。

8軍は次々と部族を倒していく。

敵の兵の練度は低く、槍を振り回すだけ。

走竜隊の8軍は圧倒的に有利であった。

馬隊の8軍は弓矢で広範囲を攻撃する。逃げる敵の背に、次々と刺さる。

一方北の砦は、

「合図の黒煙を確認っ！」

砦の見張りが叫ぶ。

「よしっ！　正門前の敵に矢を放て！　数が減ったら一気に出るぞっ！」

砦の中が慌ただしく動き出す。

そうこうしてると、敵側からラッパの音が鳴る。

ただのラッパではない。魔道具のラッパなので、かなりの大音量である。

「敵が後退していきます！」

「確かに！　よし！　門を開けて突撃せよ！」

正門が開いた途端、王国騎兵が一気に走り出す。部族を蹴散らし敵の中央部へ。

3軍、7軍、北方貴族領軍は、今までの鬱憤を晴らすかのように突き進む。

騎兵は先頭を走り、その後を歩兵が駆け抜ける。


〜〜〜


山岳部族側の代表達は焦った。

攻めあぐねていた砦を囲んだのが裏目に出た。

囲むのに兵を使ったため、司令部に居る兵が少なくなってしまった。

その兵達も、後方より攻撃を受けたため、現在そちらの防衛に割いている。

そこに砦から騎兵の突撃を受けている状況だ。

「ええぃ、砦を囲んでいる兵を呼び戻せ！」

合図のラッパが鳴るが、司令部に戻るまでには時間がかかる。兵が戻るより先に、敵の騎兵が本部に到着してしまうだろう。

「どうするのだ？　このままでは負けてしまうぞ！」

「一度退却して立て直すか？」

「まだ数はこちらが上だろう？」

「立て直してやり直せば勝てる！」

「いや、退却できるのか？」

「どちらにせよこのままでは、どうにもならん！」

「よし！　退却だ！　合図を！」

またもラッパが鳴る。

司令部も撤収作業などする暇なく、各自が逃げる準備に追われる。

が、

「うげっ」

「ごふっ！」

と、呻き声を上げて、１人、また１人と倒れだす。

「何事だ！　敵か？」

「分かりません！　が、矢などは飛んできておりませんし、傷は斬り傷です！」

「とにかく逃げるぞ！」

「逃す訳にはいかないなぁ。特に偉そうなお前たちは」

すぐ横から声がした。

「だっ、誰だ貴様！」

驚き一歩下がった男に、

「お前達が戦を始めたんだろう？　ならば終わらせる責任が有ると思うがな。じゃなければ、兵は全滅するぞ？　このまま兵達を無駄に失って良いのか？」と言いながら兵士1人を斬り捨てる。

剣を構えた男は、

「黙れ！　あのままでは皆飢えて死ぬのだ！　貴様らに解るか！　食糧も無く、家族、知り合いが痩せ細り、1人、また1人と飢え死にしていく辛さがっ！　食糧を求めて平地に行くたびに追い返されるのだぞ！」

「皆が食糧が無いほうが諦めつくだろう？　親兄弟が、豪華な食事をしているのに、自分の分だけ用意もされず、親兄弟どころか、使用人からすら、殴る蹴るの暴力を振るわれるほうが辛いと思うがな」

男は剣を振り下しながら、

「そんな親が居てたまるかっ！　親とは子のためなら、飢えても我慢出来るものだ！」

「お前達の所の親はまともだな。うちの親はたかが銀貨10枚の為に、10歳にも満たない子供を知り合いに日貸しするようなカスだったがな。だが、略奪に来るのは許せんな。何故交渉に来ない。労働力を提供するから、食糧を分けてくれと、何故頼まない？」と言いながら剣を避ける。

男は振り下した剣をそのまま振り上げ、

「それでは親子が離れ離れになるではないか！」

「一緒に死ぬくらいなら、離れて暮らしても生きてるほうが良いと思うが？」

男は一歩踏み込み、

「離れていたら生きているか確認出来んではないか！」と叫びながら剣を振り下ろしてくる。

「それはやりようがあるだろうに。まあいい、今更な話だ。お前達は利用価値があるので殺しはしない」

その言葉と同時に、振り下された剣を避けた後、脇腹にパトリックの右拳がめりこみ、男はその場に倒れ込む。

パトリックは敵と話しながら昔を思い出していた。

今世の、リグスビーだった頃、母の死の直後から、パトリックへの迫害が残虐さを増した。

それ以前は嫌味を言われたり、陰で殴られるくらいだったのだが、わざわざ別館まで、パトリックを捜し出しに来ては本館に連れて行き、暴力を振るわれ引きずって食堂に連れて行かれるのだが、豪勢な食事が並ぶテーブルに自分の食事はもちろん無く、椅子すら無い。有るのは床に直接置かれたコップの水のみ。

親兄弟が豪華な食事しているのを見せつけられる。

水を飲んで我慢しようとコップに手を伸ばすと、使用人が水の入ったコップを蹴る。零れる水。

飲む事すら出来ない。そもそも飲ませるつもりがないのだ。

なのでパトリックは、極力見つからないように過ごす事を覚えた。

それが2年間。

別館で働いて居た使用人が、目を盗んではパトリックに食べ物を与え、傷の手当てをしていなければ、確実に死んでいただろう。

前世では、物心ついたときには、父親の姿は無く母親のみ。

いや、父親が居たのかどうかすら怪しい。

母親はギャンブルに狂い、借金まみれ。

パチンコ屋で知り合った女に、当時小学生のパトリック、当時の名前は仁だったが、1泊2日で10万円で貸し出す。何をしても良いと言って。

仁少年はその時から汚されだす。童貞も初めて会ったおばさんに奪われる。

親からあの商品を盗んでこいと、度々言われる。

店員などに見つかると店員の前で殴り倒して、警察に突き出されるのをなんとか免れ、家に帰ってから盗《と》るのを失敗したことを責められる。

そんな幼少期を過ごした子供が、まともに育つ訳がない。

高校にも通わせて貰えなかった少年は、バイト三昧の生活をしていたが、バイト代は母親に巻きあげられる。そのため、食べる為に窃盗を繰り返すようになる。

そんな生活をしている時に、暴力団の目にとまり構成員になる。

街のチンピラを殴る蹴るして、支配下に置いたり、風俗店からのショバ代を巻き上げたり、鉄砲弾として、対立組織の幹部を射殺したり。

そうこうしているうちに数年たち、仁は組織の幹部、若頭にまでのし上がる。

組長から武器の密輸をしろと言われ、単身ロ◯アに。

そこで現地のマフィアの娘と恋仲になるが、その娘を狙っていた地元マフィアに撃たれ死亡。

「ロクな人生じゃなかったなぁ」

敵を捕縛した後に呟いたパトリック。

男の足首を持ち、身体を引きずって歩き砦に現れたパトリック。

既に砦の周りに部族の姿は無く、王国兵による砦の補修が始まっている。

次に備えているのだ。

そのまま尋問室まで引きずられていき椅子に座らされ、パトリックの尋問が始まり、男は2周目の爪を剝がされたあたりで精神をへし折られて、とうとうと喋りだす。

この男、一番大きな部族の長《おさ》で、今回の戦の主犯であった。

帝国に食糧を援助してやるから、王国に向けて出兵しろと言われたらしい。

戦闘を継続している間は、食糧を安くすると唆《そそのか》されたのだ。

「つまり、王国の戦力を少しでも減らしとこうって作戦ね。帝国もこすいなぁ」

パトリックが言うとガナッシュ中将が、

「だ、だが、帝国に問いただしても認めんだろうなぁ」と言う。

同席して居た中将と少将の2人は、パトリックの尋問にドン引きしながらも、意識は保っていた。

部屋の中に居た護衛の兵は、最初の方で、腰を抜かし吐き気を催し退出してしまっていた。

「どうします？」

パトリックが聞くと、ガナッシュ中将は、

「どうもこうも、陛下に報告して、判断を仰ぐしか有るまい」

と答える。

「ですね。伝令を7軍から走らせます。3軍、8軍は、この砦で待機して貰って良いでしょうか？

7軍を少しでも休ませたいので」

と、金髪の頭を下げるフィッシャー少将。

「それなら伝令は3軍から走らせよう。スネークス中佐、8軍は、周囲の警戒を頼む」

ガナッシュ中将が決める。

「了解しました。では、ここを頼みます」

そう言ってパトリックが尋問室を出た後、

「なあ？　フィッシャー」

「はい……」

「立てるか？」

「無理です。腰が抜けて……」

「ワシもだ。アレで吐かないヤツとか居るのか？」

「無理でしょう、正直、中佐が怖いです……」

「陛下が取り立てる訳がようやく分かった気がする」

「陛下はあの尋問、知ってるんですかね？」

「聞いてはいるかもしれぬが、見てはいないはずだ。アレは見せられん」

「ですね……」

パトリックから解放されて気を失っている男を見て、

「この男、死神に捕まったのが運の尽きだったな」

「赤い死神って、まさにその通りでしたね。全身返り血で真っ赤、黒い瞳だけが浮き上がってて、7軍の何人かは恐怖で倒れましたよ」

「ヤツの訓練受けてみろ、全員倒れるから」

「3軍も？」

「3軍どころか、1軍、2軍も倒れたぞ。近衛すらも！」

「受けたく無いです」

「そろそろ動けるか？」

「まだ無理です……」


「「誰か来ないかな？」」2人の声が揃った。


3騎の馬が走る。その背中に3軍の兵を乗せ。目指すは王都の王城。

「伝令である！　開門願うっ！」

走り迫る騎兵に、門番は所属確認を速やかに行い、門を開ける。

3軍の兵は、直ちにアンドレッティ大将に報告する。

アンドレッティ大将は報告を聞き、

「ご苦労！　陛下に聞いて参るゆえ、休んでおれ！」と、言い残し走り去る。

「なるほどな、3軍と8軍、そして7軍も良くやった。やはり帝国の後ろ盾があった訳だ。奴らやり方が汚いな。さてどうすべきか。ベンドリックはどう思う?」

王が聞くと、

「はっ！　このまま北を放置すれば、西と北から同時に攻められる未来は確実。北を我が国に取り込んで、帝国を北からも攻撃できるように備えるのが良いかと。我が国は食糧も豊富ですので、山岳部族を取り込んでも問題無いかと」

「アンドレッティはどう思う?」

「確かに山岳地帯を押さえるのは、良い手かと。そのまま部族を兵として抱えてしまえば、帝国にとっても捨ておけぬ脅威となるでしょう」

「よし、ではそのように！　山岳地帯を制圧せよ。ただし、住民の被害は抑えろよ。その後の統治に支障が出ぬようにな。追加で食糧を送り、それで懐柔せよ！　良いな！」

「「御意！」」

「それにしても、パトリックのやつは相変わらず凄まじいな」

「報告書を読むに、ある意味化け物ですな。いや失礼しました。ソーナリス殿下の嫁ぎ先予定でありましたな」

「よいよい気にするな、あやつの能力は現場では確かにそうだろう。どうも一騎討ちには向かぬようだがな」

「敵に見つからぬ。これほど現場向きな兵はおりますまい」

「ベンドリックはどう思う？」

「私は技量の事は明るく無いですが、先の不正を暴いた件でも、かなり有能なのは理解しております」

「だろう？　良い男に嫁がせられて良かったのだが、残りの４人をどうするかだなぁ。誰か良い相手知らんか？」

「陛下、それを我らに聞きますか？　バランスが崩れますぞ？」

「王家に反抗的な貴族に出さねばならぬか？　奴ら王家の粗探ししかせぬのに、何故に息子や娘をやらんといかんのだ」

「ここで内乱とか帝国の思う壺ですぞ？」

「わかっておる。しかし嫌なものは嫌なのだ。まあ良い、じっくりと考えることにする。先の件急いでくれ」

「「御意!!」」

3軍の伝令は、2軍の輸送部隊と共に、また北に向かう。食糧と武器や薬を詰め込んで。

伝令が北の砦に帰ってきた。1枚の命令書を持って。

「陛下よりの命令書だ。山岳地域を制圧し、王国に取り込めとの御命令である」

ガナッシュ中将は、命令書を読み宣言し、命令書をフィッシャー少将とパトリックに見せた。

「で、どう動きます？　7軍はとりあえず砦にて、休養と後方支援ですかね？」

パトリックが聞く。

「うむ、そうだな。疲弊の少ない3軍で、山岳地域の集落に食糧を持ち込み、交渉しよう。8軍は、どうする？」

「では、うちは反抗的な集落を落とす事にしましょうか。3軍の交渉に応じなかった集落はお任せを。最初は一緒に動きます」

「良いのか？　汚れ仕事だぞ？」

「うちは、後方攪乱、【暗殺】が任務ですよ？」

「いやしかしだな。兵は納得するか？」

「兵士は、上の命令を遂行するのが任務です」

「たしかにそうだが」

「まあ、いざとなれば私だけでもやれますよ」

「それはそれで問題だが……」

「戦争ですよ？　向こうが侵略してきたんです。負けていれば、こちらが同じ事をされているはずです。問題無いです」


～～～～～～～～～～～～～～～～～～～～～～


王国軍の山岳地域制圧は粛々と進められた。

食糧を見せられ、王国に併合されれば飢えから解放すると交渉すると、多くの集落は簡単に落ちた。それほど飢えていたのだ。

だが、抵抗する集落も少なくなかった。

3軍は、拒否した集落には、手を出さずに去っていく。もちろん正面切って戦いを挑んできた集落や、武器を持つ者は容赦無く斬り捨てたが。


～～～～～～～～～～～～～～～～～～～～～～


拒否したが戦いに発展しなかった集落は、今後の予定を検討していた。

「奴らの食糧を奪う事は出来んのか？」

「他の集落で、王国に靡《なび》いた所に運ぶ荷物を奪うと言うのはどうだ？」

「それで上手くいくか？」

「地の利はこちらにある。細道や崖《がけ》などの襲うのに最適な場所で張り込もう！」

男達が相談している。

「族長？　さっきから黙ってて、どうしたんです？」

1人の男が、発言しない族長を不審に思い、首を族長の方に向けたその時、族長と呼ばれていた男の首に赤い線が1本。

そこから赤い汁が垂れたかと思うと、コロンと首が落ちた。

噴き出す血飛沫《ちしぶき》に男達は、

「ひぃいいっ！」

「うわあああ！」

と、悲鳴を上げる。

(これくらいで悲鳴とはな)とパトリックは思う。

「お、おいっ！　とりあえず逃げるぞっ！」男達がそう言い立ち上がるが、

「うっ」

「あがっ」

呻き声と同時に、どさりと2つの首が落ちる。

「おい、終わったぞ～」

パトリックの声に応えるかのように、家のドアが開く。

「中佐、お見事です。この首、どうします？」

床に落ちた3つの首と、真っ赤に染まった小屋の中を見ながら、ミルコが聞く。

「集落の目立つ所にでも晒すかな。怯えさせた後に、8軍で囲んで交渉再開といこうや」

「了解です。で、私が晒しに行くので？　私だと見つかりそうなのですが？」

「何のために隠れる訓練してるんだよ！　見つかったら走ってここまで逃げてこい。ここいらの奴らから逃げられないようなら、戻ったときに再特訓だ！」

「いや、逃げられなかったら戻れないでしょうに」

「いいから、行けっ！」

「了解です」

首3つを布にくるんでミルコが家を出ていく。

ちゃんと戻ってきたミルコと共に集落を出る。
翌日、8軍と共に集落を囲むパトリック
「今から1時間後までに、降伏か交戦か選べ！　降伏なら、昨日の3人の首だけで許すが、交戦なら男は覚悟しとけよ！」

パトリックの指示により、声だけはデカイと有名なデイブ一等兵の叫び声が響く。

1時間後、白旗らしき物を持って、村の男達が現れるのだった。


山岳地帯で、制圧作戦を開始して1ヶ月。

ほぼ全ての地域を併合し終えた。

残るは帝国との国境地域の、集落のみ。

そこの族長と3軍の司令官であるガナッシュ中将は、話し合いの真っ最中。

「王国に降ったとして、帝国から攻撃されれば死ぬのは我らだ」

「ここに軍を駐留させて、帝国から守る。もちろん君達の仲間にも協力して貰うがな。王国は君達を兵として雇う。その給金で食糧を買えば良いのだ。悪い話では無いだろう？　待遇も、そう悪くないよう陛下に進言しておく」

「信用できるのか？」

「信用して貰うほかないが、よく考えてみよ。この集落が拒否しても、他はもう降っているのだぞ？　そこに拠点を置くだけだ。こちらとしてはこの集落でも、別の集落でも構わんのだ」

「拒否した場合は？」

「我ら3軍は去るが、8軍、君達に解る通り名だと、死神部隊だったか？　それが来るだけだ」

「あの残虐な部隊かっ！」

「あそこの隊長は容赦無いぞ？　どうせ伝え聞いているのだろうがな」

ニヤリと笑うガナッシュ中将の青い眼の奥が光る。

「族長の首を刎《は》ねて晒して、降伏を迫るらしいな……。そして降伏しなければ、戦闘において容赦無しとか」

「私の与《あず》り知《か》らぬ事だ。が、降伏すれば生きていられるぞ？」

「私がそう簡単に倒されると思うのかっ？」

「おそらく気が付いた時には、おぬしの首は、胴から離れておるだろうな！　さて、選べ！」

「馬鹿にしやがって！　拒否だ！　帰れ！」

「そうか、残念だが帰るとしよう。それではまたな！　あ、もう会えないんだったな。では次会うのはあの世だな！」

〰〰〰〰〰〰〰〰〰〰〰〰〰〰〰〰〰

３軍が集落から去っていくのを、忌々しく見る族長は、村の男達に、

「戦だ！　武器を用意しろ！」

と、叫んだが、その叫んだ声に、村の男達が返事をする前に、喉から血が噴き出して倒れた。

「はい、終わり～。既に来てたんだよね。で、そこの男共はどうする？　今すぐ死ぬか？　それと

も降伏か?」

状況が呑《の》み込めていない男達は、唖然《あぜん》として言葉も無い。

「もう一度聞く!　今すぐ死ぬか?　降伏するか?　さっさと答えろっ!」

パトリックの声に、

「お、俺は降伏する!　死にたくない!」

「おおお、俺も!」

「オラは皆に降伏を勧めに行ってくるだ!　誰か分からんが、少し待っててくれ!　絶対皆を説得してくるだ!　もう殺さんでくれ!」

「良いだろう。逃げたりしたらわかるな?」

「も、もちろん!!」

走っていく男の背を見ながら、

「ようやく帰れそうだ」

と、呟いたパトリックだった。

ようやく山岳地帯の制圧が終わったのだ。

汚れ役の8軍は、早々に王都に戻ることにし、3軍と7軍に後を任せて帰還の途につく。

途中の町で8軍の息抜きと、慰労を兼ねた酒会を催し、パトリックは金貨8枚も使う事になってしまったのだが。

「300人で飲んで金貨8枚ってなんなの?」

奢《おご》りと言った事を後悔するパトリック。

日本円で800万円を使う事を想像して欲しい。結婚式でもない、居酒屋での800万だ!　そりゃ愚痴も出る。

まあ、人を殺した事でかなりの心労を負っていたようなので、多少でも癒せていれば良いのだが。

無事王都に戻り、陛下に報告を済ませる。

「スネークス中佐、ご苦労だった。8軍は5日の休暇を許す。しっかり休め」

あらたまった王の言葉に、

「御配慮有り難く頂戴します」

と答え、謁見が終了し8軍の皆に、

「5日間の休暇だ!　しっかり休めよ!」と言い、解散させる。

で、王都の屋敷に戻って来たパトリックは、

「こいつら何?」

と、執事に聞く。

玄関に縄で縛られた男が3人。

「昨夜、屋敷に忍び込んだ賊です。かなりの腕利きで、警備兵は負傷、我らも危なかったのですが

「……」

「兵の怪我は？　ポーションで治る程度か？　使用人は無事なのか？」

「はい。ポーションでほぼ回復し、我らも怪我は無いです。屋敷に忍び込まれて数分後には、お館様の使役獣がこやつらを捕らえまして」

「ん？　ぴーちゃんが？」

と、言ってぴーちゃんを見るパトリック。

スルスルと床を蛇行して、パトリックの元に来るぴーちゃん。

ぴーちゃんの頭を撫でながら、

「ぴーちゃんが捕まえてくれたの？」

と聞くと、何となくイメージが頭に流れ込む。

侵入した間者の1人を尻尾で叩き倒し、2人に巻き付いて全身骨折させるぴーちゃんの姿が。

「うんうん、偉いねぴーちゃん。明日の朝は森にご飯食べ放題に行こうね！」

パトリックの言葉に、尻尾を振ってご機嫌な、ぴーちゃん。

「で、尋問はしたのか？」

アストライアに聞くと、

「しましたが何も吐きませんで」

「それはやり方が悪いんだよ。俺が教えてやるから一緒に来い」

と言ったパトリックに、アストライアは顔を真っ青にする。

「あ、アレを私にやれと？」

「いつまでも俺の尋問頼みじゃ、俺が不在の時に困るだろ？」

「あ、いや確かにそうなのですが、私にできますか？　と言うかやれるのでしょうか？」

「あんなもん慣れだよ、慣れ！」

慣れたく無いと心で思うも、口には出せない執事のアストライア。

主人の命令は、遂行されるべき事案である。

「はあ……」

ため息が小さく聞こえた。

◆◇◆◇

アストライアは目を背けながら、侵入者の指に針を刺す。

「こら！　目を背けるから、爪の隙間じゃないところに刺さってる！　ちゃんと見ろ！　刺してから揺らしたり回したりしろ！　そうすれば痛みが増幅するから！　だめだめ！　こうだよこう！」

パトリックが見本を見せる。賊を押さえている護衛や付き人は、既に顔色が悪い。

「いいか？　爪を剝ぐときは、ここからこういう風にペンチでだな……」

「骨を折る時は、皮膚を突き破らないように気を付けろよ……」

「こっちはまだまだやり足りないって表情が大事なんだよ！」

「ポーションで治るように血を出さないようにするのがポイントでだな……」

パトリックの説明と、実演が続き、アストライアもさせられる。

この間、侵入者3人の悲鳴が響き渡っている。

パトリックは気にならないが、アストライアの耳には、しっかりと響く。押さえている使用人達は吐きそうな顔だ。

「2周しても落ちない奴への最終の脅しとしてはだな、この穴の開いた針を静脈、まあこの血管のことな！　ここに刺して血を流してやる。で、この壺に血を受けてだな、この壺から血が溢れる頃には、お前は死ぬぞって言うんだよ。命のカウントダウンだ。これは効くぞ～！　これで落ちなかった奴はいないからな！」応接室に有った壺の使い道が決まったようだ。

パトリックの、有り難くない講義を終え、気力が尽き果ててソファに倒れ込むアストライアと、使用人達。

そこに門番が入ってきて、

「お館様、アボット伯爵様の使者が来ております」

と、パトリックに告げる。

コンコンとノックされる扉に、

「入れ。」

と、告げるパトリック。

連れて来られたアボット伯爵の使者。

歳は50ぐらいか、パトリックより少し低い身長の、目の鋭い男。茶色の短髪に茶色の眼。

「よう、確かコナンだったたか？　久しぶりだな」

と、パトリックが声をかけた相手。

「お久しぶりです伯爵閣下。私は二度と会いたく無かったのですが、主人の命令ですので、使者として参りました」

と、答えるコナンと呼ばれた男。

そう、例の件でパトリックに尋問された、アボット伯爵家の間者である。

「まあ、そう言うなよ。お前は1周耐えたんだし、根性は認めてるよ。で？　用件は？」

「我が主人から、至急知らせたい事があると。こちらに出向いても良いし、アボット邸でも良いとの事ですが、どちらになさいます？」

「今、昨夜忍び込んできた間者を尋問中でな。出来れば来て頂きたいと伝えてくれ」

尋問中の言葉に、吐き気を覚えるコナンだが、

「承りました。では、すぐに引き返して伝えてきます。失礼致します」

と、逃げるように出ていった。


1時間もせずにアボット伯爵が屋敷に来た。

「遠征から帰ったばかりなのに、間者が忍び込んだとか？」

と聞かれたパトリックは、

「ええ、うちのぴーちゃん、あ、玄関の所に居る蛇のことですけど、ぴーちゃんが捕まえてくれましてね」

と答えると、

「それと関係あるやもしれないが、うちの情報部が掴んだ情報によると、スネークス伯爵とソーナリス殿下を狙う輩《やから》がいるらしい。これが掴んだ情報の詳細だ」

と、数枚の紙を渡される。

手に取ってパトリックは、

「拝見します」

と言い読み始める。

「なるほど、間者が吐いた内容より細かい事まで書いてありますね！　助かります。間者は雇い主

しか知らなかったようでね。しかし、私に喧嘩売るとは良い度胸だ。目に物見せてやる」

「やはり侵入者はこの関係かな？」

「ええ、私が疲れて帰ってきたところを襲うつもりだったようです。アボット伯爵、これは提案ですけど、私の仕返しに1枚噛みます？　もちろんお礼はしますよ？」

「噛むとは、一体なにを？」

「それはね……」

呆れ顔でアボット伯爵が、

「また、良くそんな事思い付くもんだ。しかし実行できるのかね？」

と聞いた。

「まあ、なんとかなるのではと。ちょっと許可が必要かもしれませんので、実行は許可が下りしだいですね」

「まあ、我が家には損はなさそうだし、噛んでも良いがいいのか？　また評判悪くなるぞ？」

「今更でしょう。新興の家の若造は、舐められたら終わりですよ。鉄は熱いうちに打て！　ってやつです。あ、ちゃんと汚れ仕事はうちがやりますからご安心を」

微笑みながら言うパトリックの顔を呆れて見つめるアボット伯爵に、

「あ、そうそう尋問見ていきます？」

パトリックが問いかける。

「遠慮しとく……」アボット伯爵は、静かに答えた。

情報のお礼とばかりに、夕食を振る舞い2時間後にアボット伯爵は帰宅の途に就く。馬車の中で、

「美味かったなぁ」

と、幸せそうな顔のアボット伯爵。


翌日、早朝にパトリックはぴーちゃんを連れて馬車に乗り込み、近くの森に向かう。

「ほい、行っておいで」

と、ぴーちゃんを送り出して、近くの木の上に登ってあたりを見回す。２人、怪しげな男を確認したので木を下りてから、

「サイレント」

そう呟いて駆け出したパトリック。男の真横に立つが相手は気がつかない。

パトリックは男の顎を目掛けて、右のアッパーカットを放つ。

ガクンと膝を落とした男を見下ろし、「どこの手の者だ?」と聞くが、「アガガゴガガ……」顎が外れて喋れないようだ。パトリックは縄で木に括り付けてから、もう1人の不審者のところに向かう。

今度はちゃんと話せるようにと、両足のアキレス腱をスパッと切った。

「ウガァァァッ!?」痛みと戸惑いの叫び声を上げる男に、「どこの手の者だ?」と、同じように聞くと、「言うと思うか?」とニヤリと笑ったと思うと、懐より何やら丸薬を取り出して口に含む。

その直後、体を硬直させ泡を吹いて絶命した。

「ほう。なかなかの忠義だな」そう呟いて男の足を持って引きずって歩くパトリック。木に括り付けた男の元に戻ると、器用に下顎が外れた口で、舌を噛んで絶命した後だった。


2時間ほどで、食べ放題を終えたぴーちゃんが戻ってきた。いつもより2倍は太い。

「馬車の新調を検討しないと、そのうち乗れなくなるな」

パトリックは大型馬車の発注を決意する。

屋敷に戻ると、土下座したアストライアから、

「私には無理です! 誰か他の者にさせて下さい! お願いします! お願いします! なんでもしますから! 昨日、あの声が耳に響いて寝られなかったんです! 今も聞こえます!」

泣いてお願いされてしまった。

今聞こえるのは気のせいだと思うのだが。

「仕方ない、アインを連れてこい」

パトリックは1人の名前を出す。

雇った間者29人、その責任者にした男である。

年は20歳とまだ若いが、いちばん根性が有ったので任命したのだ。

どう根性見せたのか？

唯一、パトリックの尋問を2周耐え、血を抜かれた男である。他の者達から尊敬されている。

「お館様、お呼びと伺いましたが？」

現れた赤毛の細身の男、背丈はパトリックと大差ない。細く鋭い青い眼が印象的だ。

「おうアイン、来たか。お前を尋問担当に任命する。間者であり、尋問経験者でもあるから、やり方も知ってるし最適だろう。アストライアが泣き言ばかりでな。給金、金貨1枚上乗せしてやるから！」

ちょっと戸惑ったようだが、

「お館様の命令です、承りました……が、あと1人くらい道連れにしても宜しいでしょうか？」

1人は嫌だったらしい。

「構わん、人選も任せる」

「ありがとうございます。では、私はこれで」

「ああ、あと間者を全員呼び戻せ。仕事が出来たから」

「少し日がかかりますが宜しいですか？」

「5日で足りるか？」

「なんとかしてみます」

「おう、じゃあ頼むわ」


その日の午後、パトリックはアボット伯爵と共に、王城へと赴く。

「陛下、スネークス伯爵とアボット伯爵が、面会を求めています。如何しますか?」

ベンドリック宰相からの言葉に王は、

「また変わった組み合わせだな。パトリックのやつ、アボットと揉めたのか?」

「いえ、そんな話は聞いておりませんし、そもそもあの2家には、接点が無いでしょう? 領地も北と西で離れてますし、先の部族との紛争時も通った程度でしょうし」

「まあいい。2人を通せ」

「御意!」


「陛下、ご機嫌麗しく」

「面会、有り難く」

臣下の礼をとる2人。

「ああ、で? 2人してどうした? 揉めたのか?」

「いえいえ、我らは揉めていません。アボット伯爵、例の書類を陛下に」

「うむ、陛下、こちらをご覧ください」

アボット伯爵は、書類をベンドリック宰相に渡す。

ベンドリック宰相は、その書類を陛下に手渡す。

書類を読み始めた王は、

「どれ？……ふむ……何だとっ!?」

「陛下、声を荒らげてどうされました？」

宰相が慌てて聞く。

「お前もこれを読んでみろ！」

書類を宰相に渡してから、２人の方を見て、

「これは誠か!?」と聞いた。

「はい、我が配下の調べで入手した情報です。スネークス伯爵にも関わる事なので、先にスネークス伯爵に相談してから来たしだいです」

アボットの言葉を聞いて、

「まずそこが分からん。何故すぐにワシのところに来ず、パトリックの所に行った？　面識ぐらいしか無いだろう？」

王の問いに、パトリックは、

「アボット伯爵家とは、情報交換の同盟を組みました」

と横から口を挟む。

「同盟だと!?」

「はい、陛下。スネークス家と情報交換の対等な同盟を組みました」

と、アボット伯爵。

「むむ、何が何だか分からんが、まあいい。今はその事より奴らの事だ。パトリック！　どうする気だ!?」

王の問いに、

「陛下、私だけでなく、ソーナリス殿下まで狙うとは、陛下に反意を示したと同義。2日前、我が屋敷に忍び込んだ賊を尋問したところ、そのリストのハンターレイ子爵に雇われたと吐きました。確かハンターレイ家は、ニューガーデン家の分家だったかと？」

「うむ！　奴め命を奪わなかった恩を忘れおって！」

拳を握り締めながら王が言う。

「まあ、その怨《うら》みは私に向いているようですが、それを婚約者だという理由で、ソーナリス殿下まで巻き込むのは、言語道断。まあ、誘拐を言い出したのはブッシュ伯爵のようですが。聞くところによると、度々ソーナリス殿下を、妻に迎えたいと言っていたとか？」

苦虫を噛み潰したような表情の王は、

「うむ！　歳が離れ過ぎているし、ソナに聞いてみたら、秒で拒否してきたので断ったのだが、なかなか諦めが悪くてな。お前との婚約でも、まだ諦めんのか！」

「ブッシュ伯爵家のほうは、確実に陛下への反意ですので、陛下にお任せしようかと思いますが、どうされます？」

「他の家はどうする気だ？」

「許可さえ頂ければ潰します」

ニヤリと口元を歪めるパトリック。

「ベンドリック！　そのリストの家は、全て反王家派よな？」

聞かれたベンドリック宰相は、呆れた顔で、

「はい、そのようですな。なんとも頭の悪い事で」

と言う。

「ギブス法務長官とケセロースキー男爵を呼んでこい！」

王は、脇に控えていた護衛に命令した。

護衛が慌てて退室する。

慌ただしく部屋に連れて来られたギブス法務長官。

60歳ぐらいか、細身の身体に白髪、青い眼をしている。

そして少し遅れて来たケセロースキー男爵。

パトリックと、面識のあるカイル・ケセロースキーの父親である。

カイルによく似ている。いや、逆で、カイルが父親に似ているのだ。

「ギブス法務長官、ちょっとコレ読んでみろ！」

いつもと違う王の口調に、真剣な表情で書類を読み始めたギブス法務長官。

「こ、これは！……なんと！……馬鹿なことを……」

書類を、ケセロースキー男爵に手渡す。

ケセロースキー男爵も、慌て読み始める。

「な、なんと愚かな……これが本当ならば……」

2人は顔を上げる。

王を見つめて、

「陛下、これが誠なら反逆罪ですが、いかんせん証拠が御座いません。この手紙が本物かどうかもわかりませんし」

ギブス法務長官が言う。

ケセロースキー男爵は、

「調査部では、宮廷貴族のみ調査しておりましたので、見つけられず申し訳ございません！　今後、領地貴族も、調査の対象に致します！」

と、頭を下げる。

「証拠はこれから集めるが、証拠が揃えば法務長官として、何も言う事は無いな？」

王の真剣な目に、

「もちろんで御座います」

と、ギブス法務長官が答える。

「ケセロースキー、人員を増やしてやるから、反王家派を調査しろ」

「御意！」

「よし！　では、今後の動きだ。パトリック、そしてアボット伯爵、勅命である！　王家調査部と共に反逆者共の証拠を集めろ！　ケセロースキー男爵！　２人と共に証拠を見つけ出せ！　ベンドリック宰相！　近衛に指示を出し、王家派貴族の近衛のみでソーナリスの護衛を！　そしてギブス法務長官！　この調査による多少の法の違反は見逃せ！　良いな！」


「「「「御意！！！！」」」」


「あと、パトリック。ソナに会って行け。機嫌が悪くてかなわん」

ため息混じりに言う王。

「承知しました」

苦笑いのパトリック達は部屋を出ていく。

「あ、アボット伯爵は少し残れ」

王に言われて立ち止まるアボット。

「陛下、何かまだございましたか？」

アボットの問いに、

「パトリックとどうやって繋がった？　接点がなかろう？」

「はは、その事ですか。いやまぁ我が家の失態なのですが、お話ししましょうか？」

頭を掻きながらアボットが答える。

「ああ、気になってなぁ。あやつ人付き合いが得意な方ではなかろう？」

「確かに。基本的には善人なのでしょうが、得体の知れないところがございますな。では、我が家の失態の話ですが、あれはそう……」

アボットの説明に、

「なんともまあ、間が悪かったというかなんというか」

苦笑いの王に、

「確かに間が悪かったとも言えますが、逆に同盟を組めた事は良かったので、良いタイミングだったとも言えます。まあ、うちの部下には災難でしたが」

「あやつ、自分の敵には容赦無く立ち向かうようだが、まだまだ若い。上手く支えてやってくれ。

此度の件、お主の功績はしっかり覚えておくし、解決した時は、しっかり評価する事を約束する」

「陛下、このアボット、鉄狐と揶揄されますが、王家への忠誠は今までと変わりなく。そしてスネークス家との同盟も王家に害なきよう進めます。我が息子にも王家への忠誠と、スネークス家との同盟を引き継がせますゆえ、ご安心を」

膝をついてアボットが宣言する。

「うむ。今まで他家とあまり関わらずに独自に調査し、報告してくれていた事は、信頼に値する。これからも頼むぞ」

「御意！」

「そちの息子、確かライアンだったか？　パトリックには会わせたか？」

「いえ、まだです。タイミングを見計らっておりましたが、此度の件がそのタイミングかもしれませんな」

「かもしれぬな。あ、そうそうこれはワシが口出しすることでも無いが、うちの長女、クロージアとの事、認めんでもないぞ？　外野がバランスがどうのと煩いが、反王家の奴らに嫁がせるより、お主の家なら安心だしの」

「うちの愚息で宜しいのでっ!?」

「なかなか良い腕前と聞く。あとはお主の経験を受け継がせれば、良い領主になろう」

「有り難き御言葉。この件が片付いてから、息子に伝えます。焦って勇み足など踏まれてはたまりませんから」

「うむ。では頼むぞ」

「御意!!」

◆◇◆◇

パトリックは、ソーナリスと面会していた。

最初は普通に会話していたのだが、今はマネキンの様になっている。

ソーナリスは、鎧のデザインに悩んでいるらしく、その前に軍服を作ったらしいのだ。

軍服は、普通は軍からの支給品である。

が、一部貴族の者や士官などは、オーダーメイドで作る。

理由は、布の質が悪いや、デザインが私には合わんなどのワガママなのだが。

なので、軍としては、要所を押さえていれば、着用して良いとしたのだ。

決まりとしては、支給品のデザインと似ている事。色が部隊と同じである事。襟章や腕章等を着ける位置。などなど。

パトリックは服に拘《こだわ》りなどあるはずもなく、今まで支給品を着ていた。

それがソーナリスには、大いに不満であったらしい。

で、鎧の前にちょいちょいと作ったとの事。

ちょいちょいで作れる物なのか??

生地は上等なので良いのだが、襟が少し高くて前を閉める事が出来ない。

これはそういう仕様らしい。

各部に銀細工が取り付けられている。図柄はぴーちゃんの頭。

ロングコートかと思う程の裾の長さ。

外側の色は8軍の黒なのだが、裏地が真っ赤だ。

そこに緑の糸でぴーちゃんの刺繍。

正直突っ込みどころ満載である。が、

「赤い死神と言われるパトリック様にピッタリです!!」

フンッと鼻息荒いソーナリスに、パトリックは拒否するわけにもいかず、

「ありがとうございます。今日からこれを着て任務に従事致します」

と、答えたのだった。

なお、着ていた軍服は、ソーナリスが大事そうに抱えていたので、そのまま渡す事にした。

間者の招集をかけた日から5日後、スネークス邸のホールには、多数の人が集まっていた。

執事や使用人はもちろん、王都のスネークス家に雇われた29名の間者、正式名称を闇蛇隊と呼ぶ

事にしたのだが。

それと、スネークス領から呼び寄せた領軍の第1大隊100名、領兵の最精鋭部隊の毒蛇隊が整列していた。

「よく聞け！　陛下より勅命が下った！　愚かにも我が家を狙う家の存在が確認された！　我が家だけでなく、婚約者であるソーナリス殿下の誘拐まで企む始末。断じて許す訳にはいかない！　闇蛇隊は、愚かな家の偵察と情報収集を。これはアボット伯爵家の情報部と、王家の調査部との合同作戦である。毒蛇隊は、屋敷の警護及び闇蛇隊の護衛だ。いいか！　確固たる証拠を摑め！　我が家に敵対した事を後悔させるためには、証拠が必要だ!!　奴らを潰す！　これは我が国、そして我が家と我が領にとって必要な処置である！　スネークス家がいかに恐ろしいか知らしめるぞ！」

パトリックの宣言により、それぞれ動き出す。

ある者は王都に潜む。ある者はとある貴族の領地へと走る。

スネークス邸は緑の軍服姿の警備兵が、不審なモノは何一つ見逃さないとばかりに、眼を光らせる。

そして、パトリックも動き出す。

家捜しにおいて、パトリック以上の手練《てだ》れは存在しないであろう。

王家、アボット家、スネークス家が動き回り、情報収集や証拠の入手に動き回って数日。

とある貴族の屋敷。

そこには苦虫を嚙み潰した様な顔の男たちが集まっていた。

「スネークス家に向かわせた暗殺者は、何をしとる！」

「今日、王城であのガキが歩いてるのを見かけたぞ？　早く殺させろ！」

「まてまて、まだ動いてないのかもしれん。なにせ一括で先払いと言われたのを、前金と成功報酬に値切ったからな」

「なぜ値切った!?」

「金が無いからだ！　何なら出してくれるか？　残り金貨20枚だ」

「「うっ」」

「無いだろう？　私も無い。だから早くしろと急かす訳にもいかんのだ」

とっくに捕縛されているのだが、情報は入っていないらしい。

「まあ良い。刺客はかなりの腕利きと言う話だしな。あのガキ、腕はそこそこらしいが、1対1には弱いらしいからな。3対1なら確実だろう」

「それよりもソーナリスだ！　あの小娘を誘拐して、あのガキの前で殺すほうが楽しかろう？　暗殺者に拉致にしろと、依頼を変えてみてはどうだ？」

「いやいや、ソーナリスはブッシュ伯爵が自分の奴隷にすると言い張るからダメだ」

好き勝手な事を言い合う男達。

それを部屋の隅で聞く男。

パトリックである。

パトリックは必死に殺気を抑えていた。

自分の事はいい。恨まれるのには慣れている。

が、ソーナリスを巻き込むばかりか、殺すだの奴隷にするだのには、今すぐ殺してしまいたい衝動に駆られる。

数十分後、部屋から男達が出ていく。

パトリックは、ゆっくり動き出す。男達のすぐ背後を続いて歩く。

屋敷の主人の執務室に到着すると、男達は、

「この血判状に誓う！」

「「誓う!!」」

「スネークス家に正義の鉄槌《てっつい》を！」

「「鉄槌を!!」」

パトリックはこの光景に、

（どこの三文芝居だ）

と、先ほどまでの怒りから、呆れに変わる。

男は、机の引き出しに血判状を仕舞い込み、鍵をかける。

男達が去った後、パトリックは机の引き出しを引く。

しっかりと鍵がかかっているから、開く訳が無い。

パトリックは1本の針金をポケットから出す。

(コソ泥時代のテクニックが錆びて無ければいいが)

そんな事を内心思いながら、針金の先を少し曲げて、鍵穴に挿入する。

ガチャガチャカチャカチャと鍵穴を引っ掻き回す事、約1時間。

ガチャッと音がした。

(やっとか。腕が鈍ったもんだ。昔は5分もかからなかったのになぁ)

そう思いながら引き出しを引いて、例の血判状を確かめる。

そこにはリストに有った名前がズラリと並んでいて、ご丁寧に血の拇印《ぼいん》が押されていた。

誰が見ても言い逃れできない証拠である。

(陛下に報告だな。さて、どうしてくれようか!)


数日後、王城のとある部屋。

そこには王、宰相、法務長官、調査部長、アンドレッティ大将、アボット伯爵、そして、パトリックが集まっていた。

「さて、これで証拠は揃ったな」

王の言葉に、

「血判状が効きましたな。これは言い逃れできないでしょう」

ベンドリック宰相が言う。

「確かにこれは確実な証拠です」

ギブス法務長官が言い切る。

「陛下、どう動きますか？」

ケセロースキー調査部長が聞く。

「ブッシュの派閥の所には、1軍と調査部で行け！　アボットには2軍の半分を付ける。パトリックは8軍がおるしの。近衛はそのままソーナリスの護衛でよい。動く時間は、明日の夜明け。一気に捕縛せよ。逆らうなら殺しても構わん！　当主だけでなく家族も捕らえて来い。該当の貴族家出身の兵は、作戦から外して残りの2軍が監視せよ」

その後、アボット伯爵とパトリックは、どの家を担当するかを相談する。

先ずは王都の屋敷から。その後、領地に向かう事が決定された。

王都が寝静まった夜、静かに、ゆっくりと軍が動き出した。

日の出と共に、王都貴族街は喧騒に包まれた。

とある家は、門を突き破られ王国軍が雪崩れ込み、屋敷を制圧された。

とある家は、屋敷の庭で戦闘が始まった。

そして、とある家の寝室では、当主の死体が見つかる。奇妙にも胴体はロープで巻かれ、首と胴体が離れた状態でベッドの上で見つかった。

この男、ソーナリスをパトリックの目の前で殺すと言った男だ。

なお、その寝室にはその男の家族の、無残にもあちこちの骨が折れ、皮膚を突き抜けた状態の死体も有ったらしい……。

部屋は血の海であったとか。


王国軍に囲まれ、観念して屋敷から手を上げて出てくる当主も居れば、無様に逃げ惑う人も居る。

捕まった者も、無実を訴えたり、何かの間違いだと叫んだり、誰々にハメられたと言い訳したりと様々である。

貴族街が静かになると、王都から無数の国軍馬車が走り出る。行先はリストの貴族の領地である。

王都から走り出る馬車の中には、勿論8軍の馬や馬車もある。

その中には険しい目つきのパトリックの姿が。

今回は馬に乗り、スピード重視である。

ロングコートかと言うくらい長い軍服をたなびかせて、パトリックは無言で馬を駆けさせる。

それに続く死神部隊こと8軍。

8軍はとある貴族の領地に到着する。

8軍の進入を制止しようとする街の門番を、一時的に捕縛し、領主の屋敷まで走り抜け急襲する。

8軍に囲まれた屋敷の主人は、

「何事だ！　ここをパジェノー男爵家の屋敷と知っての狼藉《ろうぜき》か！」

と、叫ぶ。

「国王陛下の勅命である！　パジェノー男爵家には、王家に反意有りとの猜疑がかかっておる！大人しく連行されたし！」

パトリックの声を聞き、

「むむむ、もはやこれまで！　皆の者！　陛下の勅命を騙《かた》る不届き者だ！　切り捨てろ！」

どこの暴れん坊の物語だと心の中でツッコミながら、パトリックはニヤリと笑い、

「8軍！　5分で片付けろ！」

と、号令をかけた。

その瞬間、黒い人影が次々と塀を飛び越え、パジェノー家に居る人間を捕縛していく。

ただ1人を除いて。

「おのれ、スネークスゥゥゥ！　この私を軍曹に格下げしただけでは飽き足らず、我が家を潰す気か！　許さん！　決闘を申し込む！」

かつて、トロール討伐で降格させられ、根に持っていた男。

　この家の息子、スコット・パジェノーである。

　リードン大佐に向いていた憎みは、いつの間にかパトリックにすり替わっていたようだ。

　パトリックは、

「バカかお前？　降格させたのは俺じゃなくリードン大佐だろうが！　しかもお前のミスでだろうが！」

「アレは私のミスでは無い！　兵が弱いのが悪いのだ！　だいたいお前の部隊が少数で討伐するからあんな事になるんだ！　もっと大勢居れば完璧な作戦だったんだ！」

「与えられた人数で作戦たてるのが指揮官だろうがっ！」

「煩い！　だいたい何故反逆などの罪に問われねばならんのだ！」

「お前の家が殿下誘拐計画を知りながら、王に報告して無い時点で、反意有りだろうが！」

「私が立てた作戦では無いから、私の罪では無い！」

「そんな言い訳通用するかボケ！」

「煩い！　決闘だ！」

「このまま全員捕縛で任務完了なのに、何故馬鹿と決闘せにゃならんのだ！　頭の中、腐ってるのか？」

「煩い煩い煩い煩い！　お前を倒せば、後は何とかしてくれる！」

「誰が？　ブッシュ伯爵家にも、軍は向かっているし、ハンターレイの所も同様だ。もちろん力を失ったニューガーデンではあるまい？」

「ふん！　もっと高貴なお方だ！　だが言う必要はない。俺がお前を殺すからな！」

「ほほう、良いだろう。誰が何とかしてくれるのか、後で全て吐かせてやろう」

「勝負！」

と、言いながら槍を構えて走ってくるスコットに対して、パトリックは槍を剣鉈で弾いてスコットの右手首を切断した。

「ウガァァ」と叫ぶスコット。

「弱いっ！」

思わずパトリックの口から言葉が漏れた。

「強かったらどんな卑怯な手を使おうか悩んでいたのに、お前よくその腕で決闘とか言えたな！」

「うぎゃあああああっ！」

と煩く叫びながら、両膝を地面について右手首を押さえるスコットの後頭部を、ヤクザキックして顔面を地面に叩きつけ、

「おい、こいつの口に靴でも詰めて、手首を止血して簀巻《すま》きにしとけ！　うるさいから」

呆気なく終わった。

その後、パトリック達8軍は、他の貴族領へも赴く。

大人しく捕まった貴族は少なく、諦めの悪い家は8軍との戦闘になる。

屋敷に詰めていた兵など数人なので、１人の負傷者すら出さずに鎮圧する８軍。

だが領兵を配置して町の外で待ち構えていた領地もあった。

「８軍、狙うは貴族当主とその家族だ。他は戦闘不能程度で良い。動きは各隊長に任せる。かかれ！」

パトリックの声が響き、各部隊が動き出す。

弓兵の一斉射ののち、馬隊の突入！

今回は長槍を借りてきている。

一部の部隊は左右に展開し、領軍を囲い込みにかかる。

囲まれた領兵達は必死に抵抗するが、国軍、しかもパトリックの訓練に耐えた８軍と、田舎領兵とでは、力量の差は歴然であった。

易々と町に入り、当主の屋敷に到着すると、門を破壊して敷地内に入る。

もちろん警備兵や領兵もいたが、８軍はアッサリ屋敷の門までたどり着く。

屋敷の庭には槍で串刺しにされた兵の骸《むくろ》。

屋敷の扉を蹴破り、突入する８軍になす術《すべ》なく捕縛される使用人達。

中には抵抗する者もいたが、無駄な抵抗、屋敷が血糊《ちのり》で染まるだけであった。

貴族当主は執務室にて捕縛された。

「死神に捕縛されるとはな。行く先はあの世か……」

当主の力無い言葉が漏れる。


その後、王都に戻る時には、8軍の馬車は捕らえた貴族達で満杯。

狭いだ、喉渇いただ、縄を解けだと喚く貴族。

まあ、煩いわウザいわ。

仕方なく途中で馬車を止め、貴族達を馬車から降ろし、全員の前で、スコット・パジェノーへの尋問を開始した。

右手首から先は無いので、左手の指の爪の間に針を刺して、グリグリ動かしたところで泣き喚くスコット。

貴族達はドン引き。

2個目の爪を剥いだところで、あっさりゲロったスコットだったが、ゲロった内容に今度はパトリックがドン引き。

周りの貴族は、パトリックの尋問に血の気が引いていた。女性陣や、子供は気を失ったり、漏らしたり。

結果的に煩かった貴族は大人しくなったが、パトリックの気持ちは焦っていた。

急ぎ、貴族を馬車に押し込め、馬車の貴族共は馬車隊に任せて、王都目指してひた走る馬上のパトリックと8軍。

「間に合ってくれ！」

パトリックの口から言葉が漏れる。

書き下ろし　ぴーちゃんの徒然《つれづれ》なる日常

ぴーちゃんの朝は早い。

日の出前には動き出す。というか、いつ寝ているのか分からない。

目蓋を閉じる事が無いからだ。

皆が動き出す頃には、自室に移動し、排泄《はいせつ》を済ませたのち、水が溜めてある大きな桶に体を潜らせる。

数分後、これまた大きなタオルに体を擦り付けて水分を拭き取り準備完了とばかりに、屋敷内の巡回を始める。


先ずは一階の巡回から開始だ。

廊下をスルスルと物音ひとつ立てずに移動するぴーちゃん。

使用人の住み込み部屋は素通りし、無人の部屋は尻尾を器用に使ってノブを動かし、ドアを開ける。

中をチェックし異常が無ければ、ちゃんとドアを閉めて出て行く。

次に2階へ移動し、最初に向かうはパトリックの部屋だ。尻尾でドンドンとノックするぴーちゃん。

ガチャと鍵が開く音がして、ドアが開く。

「よ！　ぴーちゃんおはよう！　今日も巡回ご苦労様」

そう言いながらぴーちゃんを迎え入れたパトリックは、ぴーちゃんの全身を撫でてやる。気持ち良さそうに撫でられ、満足したのかパトリックの背中を尻尾でトントンと叩く。

「お、もう行くのかい？　じゃあまた後でご飯持って行くからね」

そう言うパトリックに尻尾を振って挨拶し、部屋から出て行く。

2階の巡回を終わらせると、専用口から屋根裏に上がる。ネズミが居ないかチェックしているのだ。たまにコウモリが居たりすることもある。もちろんぴーちゃんの腹の中に収まるのだが、ぴーちゃんにとっては、腹の足しにもならない。

その後、ぴーちゃんの部屋に戻ると、小さな桶に新鮮な水が用意されているので、喉を潤していると、

「ほい、ぴーちゃん、今日のご飯だよ」

と、パトリックが現れる。手には羽根を抜かれた鶏が2羽。

あーんと口を開けるぴーちゃんに、パトリックが鶏を口に置いてやると、ガブッと咥《くわ》えて、下顎を左右に動かして喉の奥に送り込む。

「ほい、次！」

と、パトリックが言うとまたもや、あーんと口を開ける。

食事が終わると、玄関ホールに移動し、訪問客をチェックする。

これがパトリックが滞在している時の日常の風景である。

とある日、パトリックが不在の日の夜、屋敷の外の異音に気がついたぴーちゃん。

玄関ホールに居たぴーちゃんは、

シャアアアアッッッー!!

と、かなり大きな威嚇音を発した。

それを聞きつけたスネークス家の使用人達は、慌てて部屋から飛び出す。

ガシャンとガラス窓が割れる音がし、賊が３人侵入してきた。

「非戦闘員は退避！　戦闘員は迎撃に迎え！」アストライアの声が響く。

賊はかなりの手練れで、戦闘員は手こずっている。怪我人も出始めた。

アストライアが焦り始めた頃、ベシッという音とともに賊の１人が吹っ飛び、残る２人が視界から消えた。

次の瞬間、ボキボキと何かが折れる音がし、その方向をアストライアが見ると、光沢のある緑色の鱗が綺麗な身体を巻き付けられて締め上げられている賊が2人。

「ぴーちゃん様、助かりました……おい、吹き飛んだ賊を拘束しておけ！　怪我人にはポーションを。誰か外の兵の様子を見てこい。ポーションも持っていけ！」

アストライアが大声で指示するのだった。

翌日、帰宅したパトリックに褒められてご満悦のぴーちゃんであった。

あとがき

初めまして師裏剣《しりけん》と申します。先ずはこの本を手に取って頂き感謝を。

あとがきを書けということなのでそのような物を。

この作品を、「小説家になろう」様で連載を開始したのが、令和元年の5月26日でした。当初はブックマークも大して付かず、200超えて喜んでいたものです。それまでに何作かなろう様に短編や中編を投稿していたのですが、ブクマ200超えたのは1作品だけ。ようやく2作品目。連載中なのでやる気が出ました。徐々にブクマが増えて10月になぜか急激に増えてランキングが上がり、作者としては嬉しいやら怖いやら。

総合日間ランキングで1位になったときは、完全にビビりました。

その後、総合週間ランキングでも1位を頂き、読者様が増えて喜んでいた11月の5日に、なろうの運営様を通して、コミックアーススターのO様から、コミカライズの打診が来たのですが、まあ驚きました。私の思っていた流れとは、なろうで人気が出る↓書籍化される↓売れる↓コミカライズだと思っていたのに、先にコミカライズの打診が来たのですから。書籍化も合わせてアースター様にお願いすることになり、ノベルの編集者F様から連絡が入り、本格的に書籍化に向け動く事になりました。年末年始は、書籍化用の改稿原稿に追われる日々でしたが。

順調にいけば6月にこの本が店頭に並んでいるはず……並んでますよね？

小説を書き出して3年、今作を始めて約1年で初書籍化となります。書籍化等の打診をしてくれたアースター様に感謝。読んでくれたなろう読者に感謝。そして、私の作品に美しい絵を描いて下さった白味噌様に感謝。

さてこの作品ですが、タイトルから分かるように転生モノです。なろうの流行りを意識して、「よし！　流行りの逆で残虐な主人公を自分の書きたいように書こう」と思い立ち、ハーレムは無し。主人公最強も無しを書こうと書き出したのが今作です。今もweb上で連載中です。まあ、主人公ですので弱くはないのですがね。書きたいように書いた残虐コメディ作品が書籍という形になって、有り難く思っております。

本作にはペットというか使役獣として蛇が出てきます。これもなろうではモフモフ（獣人や哺乳類のペット）が人気っぽかったのですが、私は爬虫類〝も〟好きなので（ボールパイソンという蛇を複数飼育しております）モフモフじゃなく、ツルツルスベスベを出そうと思い、登場させました。けっこう人気者です。

ヒロインですが、なろうでは（というよりライトノベルでは？）巨乳が多い気がするんですが、周りを見て下さい。あんな巨乳あちこちに居ますか？　なのでヒロインは非巨乳です（笑）。

これまでのあとがきで解るかと思いますが、作者はけっこう捻くれてます。

捻くれ者の書く物語を買って下さった皆様に、心からのお礼と感謝を、本当にありがとうございます。

では、２巻でお会い出来る事を願って。

師裏剣

令和２年４月

EARTH STAR NOVEL

転生したら兵士だった?!
〜赤い死神と呼ばれた男〜　1

発行 ―――――――― 2020年6月15日　初版第1刷発行

著者 ―――――――― 師裏剣

イラストレーター ―――― 白味噌

装丁デザイン ――――― 舘山一大

発行者 ――――――― 幕内和博

編集 ―――――――― 古里 学

発行所 ――――――― 株式会社 アース・スター エンターテイメント
〒141-0021　東京都品川区上大崎 3-1-1
目黒セントラルスクエア　8F
TEL：03-5795-2871
FAX：03-5795-2872
https://www.es-novel.jp/

印刷・製本 ―――――― 中央精版印刷株式会社

ISBN 978-4-8030-1422-8